赤と青
ローマの教室でぼくらは

マルコ・ロドリ
岡本太郎・訳

IL ROSSO E IL BLU
Cuori ed errori nella scuola italiana

Marco Lodoli

晶文社

*

ブックデザイン◎藤田知子
カバー・表紙・扉絵◎もとき理川

赤と青　ローマの教室でぼくらは

目次

ここで語られている人物の名はすべて架空のものです。
本文中（＊）で示した箇所は訳注です。

はじめに

教師になってはじめて教室に足を踏み入れてからちょうど三〇年になる。こんな時の常套句で〝まるで昨日のことのように思える〟と言いたいところだけれど、そんなことはなくて、現実にはたっぷりと時間が過ぎたおかげで、今となっては、わが薄っぺらな履歴書と〝もし文学の教師がご入用でしたら、ここにひとりおります〟という提案を入れた一〇〇枚の封筒を一〇〇の認可私立校宛てに送らせた動機がいったい何だったのか、ほとんど思い出せない。きっとどこからも返事なんか来ないだろうと思っていたし、何にせよそれもほんの腰かけ的なことに過ぎなくて、本来の、ふんだんに給料がもらえる仕事が見つかるまでの通過点でしかないはずだった。運命はもうその時、どこか別の場所で、豪勢な食器が並べられたテーブルで待ち構えていて、どう考えても自分は新聞社か出版社の編集長か、でなければ名うての脚本家になるものと思っていたし、もちろんノーベル文学賞の喝采も外せない。ぼくは月々、何がしかの金を稼がなければならなくて、その当時、学校は立派な算段に思えたのだ。

カステッリ・ロマーニ（＊1）の小さな学校から電話がかかってきて、ここはこの風変わりな教育事業に身を投じる気になるまでは、世界各地を渡り歩いていた愉快な冒険家が経営する農学校だった。この学校にはピラニアの水槽やシベリアオオカミの檻があり、バスタブにはワニがいて、色とりどりのエキゾチックな鳥たちが所狭しと飛びまわっていた。そしてもちろん生徒たちもいた。彼らはどこかことは違う惑星に住んでいたが、そうは言ってもぼくとそれほど変わらないようにも思えて、それはきっと歳がぼくと数年しか違わなかったせいだろう。落第また落第でふいにした時間をとり戻そうとしてはいたが、とりたてて勉強しようという意欲はなく、それでも将来や、親が出しているお金や、どこまでもえんえんと上り坂が続く中で一メートルずつ足を運んでいかなければならない人生に対して不安を抱いていた。

一年教えてみよう——ぼくは自分に言い聞かせた——新しい経験をし、エゴを少し抑えて、ローマと未詳の地のあいだを往復して、この子たちと一緒にもう一度勉強しよう。

教室に戻るのはすぐに楽しくなった、今度は教卓の反対側に、だったけれど。ぼくは生徒たちを観察し、彼らのおかげでふたつの異なる、ことによると正反対の時間を訪れる存在的幸運を直観的に感じとっていた。思春期の子のひとりひとりが生理学的に内なる永遠を抱いていて、絶対的な問題と向きあっているのだ。自分は誰なのか、どこへ行こうとしているのか、この世界にはどんな意味があるのか、どうして自分はちっともふり向いてくれないあの子に恋しているのか、どうしてこんなにつらいのか、どうして死について考えるのか？　もとより思春期の子は現在の澄んだ水や腐った水を吸いあげるスポンジであり、流行りのパンツに胸躍らせ、一瞬のうつろいを露わにし、夏歌を歌い、時のトップアスリートを愛し、あるいは目の敵にするのだ。彼らは時の彼方にいながら、同時にその申し子でもある。こうしたことに心を揺さぶられたおかげで、ぼくは傷口や源流のそばにとどまり、やって来ては消えてゆく波を絶えまなく見届けることができた。

　幸運な年代で、その頃はまだ仕事を見つけるのは今ほどむずかしくなかった。こうしてぼくはある日、レジュメを書き、数か月後に面接試験を受け、彼らの厚意のおかげで、今は追い出されないことを祈るばかりの公立校の教壇を任されることになった。『のらくらの楽園』（＊2）と題されたささやかな小説を書いた人間なのに。

　学校は一九六八年を境に大きく変わり、あの頃の理想主義でおおらかな若者たちは、世界へ扉を開き、あの年代の精神と会話を動かしていた胸躍ることごとを古色蒼然としたカリキュラムに加えるように求めた。つきつめてみれば、ぼくの人生が本や、音楽や、芸術への愛で動かされているとしたら、その大きな功績は高校時代の文学の教師、ヴァルテル・マウロのもので、彼がベケットや、カミュや、コルトレーンについて、もちろんポリツィアーノ（＊3）やパリーニ（＊4）もおろそかにせずに話してくれたのだった。あれ以来、学校と世界のあいだの扉は開けっぱなしになり、それもしごく当然のことで、そして今度はぼくが教師になると一年また一年と世界が教室にぶちまけてゆくものを目にすることになった。それは冥界へのゆるやかな転落であり、もくもくと煙をあげる廃棄物の累進的な蓄積だった。郊外のはずれにあって、ますます困窮し荒廃する地区に組み入れられた学校では、かつて父から子へと受け継がれた文化・社会的状況をより良くしようというメカニズムは永遠に打ち砕かれてしまったかのようだ。老いは若きが勉強できるように犠牲を払い、若きは理解し、老いを失望させないように全力を尽くし、こうして電車運転士の父が医師の息子を持ち、世界は生まれ変わり、人生はよりよい方向へ進んでいった。ところがどこかで、ほぼ何の前触れもなく、すべてが変化した。消費社会はさらに狡猾に、ますます攻撃的になり、若者の喉にやさしく牙を立てて欲望という毒を注ぎこんだのだ。ものを考える人間はさして金を使わず、じっと読書に耽《ふけ》って自分の個性を培うし、不可能を夢見る者はやすやすと手に入るしあわせの歌を歌う人魚の声に耳を貸さず、思春期の憂愁の中でゆっくりと歩みを進めている者はオモチャの国のネオンサインには目もくれない。

こうなればもう隠れていない説得者たち(＊5)は青春の地盤に攻勢をかけてきた。彼らはあることないことを約束し、没個性的で嘘っぱちの夢を贈り、良心を踏みにじった。わずか数年のうちにぼくの生徒たちは道に迷ってしまった。学校はお決まりの教訓を、犠牲と、孤独と、集中と、努力からなる話をくり返すが、その反対側ではエルドラドの黄金がぎらぎら輝いているというのに、いったい誰がそんな言葉に耳を貸すというのだろう？

「先生、思慮なんて今時、何の役にも立ちません、そんなの過去のものです」。この狂騒のスーパーマーケットにいち早く、見事に順応したコソボ出身の教え子の女の子が言った。

「今はお金とテクノロジーがあればいいんです」

だが、共通言語の知識の欠落は、目の前の現実に対する失神を、気絶をも意味する。こうして教えるのはますます困難になり、さながら世界の外で、破滅へ向かって嬉々として転げ落ちてゆくこの世界の外で働いているかのようですらある。けれどもぼくは歯を食いしばり、同僚たちもそうしている。まるで風に向かって、虚空に、無関心の中に種をまいているようだが、本当はそんなことはないとぼくらにはわかっている。いくトンもの嘘と誘惑の幻想の下に埋もれながら、子どもたちの意識の中の土くれが受け入れ、懐に入れ、ひそかに変えつつあるのだ。何かが花を咲かすだろう、今日でなければ明日、明日でなければ一〇年後、油と汚物がぎらつくこの一面の水が引いた時に。

自信を持ち、あきらめることなく、何度でもやり直さなければならない、たとえ時に、もはやなすすべはない、負けが決まった、踊りまくる狂気のヒールにあらゆる自覚がすっかり踏みしだかれたと思えたとしても。今も氷は軋《きし》み、崩れ、もう多くの人間が闇と寒さの中へ消えて行っているのだ。

＊1　ローマを囲む丘陵地帯。

＊2　邦訳は東京書籍刊。原題「のらくらものたち」。

＊3　アンジェロ・ポリツィアーノ（一四五四〜一四九四）。ルネサンス時代の人文主義者、詩人、劇作家。

＊4　ジュゼッペ・パリーニ（一七二九〜一七九九）。詩人、新古典主義と啓蒙主義の推進者。

＊5　『かくれた説得者』ヴァンス・パッカード著。

ピーニャ学習帳！

はるかな時の彼方で、あり得なくて、本当にあったとは思えなくて、子どもたちに話して聞かせようのない世界のぼんやりとした夢でしかないような気のする時代から、ひょっこり、何かの言葉が顔をのぞかせることがある。もっともある種の言葉には魔力があって、それはその言葉のまわりですべてが新たに生み出される合図で、そして一瞬にして——それもほんのわずかなあいだだけ、というのも生き返らせる力はたちまち使い果たされてしまうから——ぼくらはその響きに吸いこまれて、目まぐるしく別の時代へ、別の人生へとひき戻されてゆく。

バルマミヨン、マチステ、バリゾン、チョコリそしてアブラカダブラ！　何千年ものあいだ下りていた幕が上がり、ぼくらはいきなり半ズボンや、ひざ小僧のかさぶたや、洟水や、子どもの頃のささやかな恐怖や果てしないドキドキ感をとり戻す。ピーニャ学習帳！　すると、このわずかな音の連なりから思い出の松ぼっくりがころころと落ちてきて、それはひとつずつ、一九六四年、とその少し前と少し後の、ウーゴ・バルトロメイ小学校の前の歩道で開けなければいけないのだ。

ゴルミーティやヴィンクスの奇抜なリュック(＊1)はないし、子どもたちは胸にわざわざスポンサー名をつけたサッカー選手のTシャツなんか着ていないし、制服《スモック》のポケットには携帯が入っていないし、ベッカムやブリトニー・スピアーズ風の髪型でもないし、記憶の中では今、何もかも白黒で再現される、マンズィ先生のカリキュラムや休み時間のじっと動かぬ風景のように。

革の学習カバンの中には、読本と副読本に加えて、罫線とブロックの、素晴らしきピーニャ学習帳が二冊入っていた。ぼくらはそれを家の近くの文房具店、マリオさんのところで細心の注意を払って選んだ。失敗は許されず、第二の可能性はなかった。この学習帳はまるまる一年間、あるいは少なくとも最後のページまでもたせなければならなかったのだ。今でも表紙の図柄を覚えているけれど、罫線ノートのほうはエーデルワイスでブロックノートのほうはヤマネだった。でもそれもすぐにお母さんが、本のカバーにしていたものと同じ、ユリ柄の紙でくるんでしまった。学校がはじまる前日に、保護の儀式がとり行われたのだ。一センチたりとも無駄にせずにハサミで切り取らなければならない巻紙、正確な折り目、固定用のセロハンテープ、そしてぴったり真ん中の上部に貼りつけなければならないラベル、それから万年筆で書かれた文字。国語ノート、数学ノート。さあこれで、ぴっかぴかで保護カバーのついたピーニャ学習帳を手にしたぼくらには、どんなことでも学ぶ用意ができた。あとは、天板は傾斜していてイスが固定された、濃い色の木の机にきちんとついて、果てしない退屈に包まれて先生の授業を聞きながら長い時間を過ごすだけだった。「書き取り！ ノートを出すように」。すると三〇本の手が三〇個の学習カバンの中に降りてゆき、ノートを探りあて、白いページを開き、完璧な静けさの中で先生が発音する言葉を書きはじめた。

その当時、災いはノートの角の耳の曲線のかたちをしていた。それはだしぬけに、思いもよらず現れるのだが、おそらくはぞんざいな態度、反抗の無意識の名残りのなせるわざだった。ノートは一瞬にしてその手つかずの密度を失い、はたして怠慢か反逆か、内なる何かが頭をもたげ、そこからもたらされる罪の意識はアダムとイブがリンゴを齧《かじ》ったあとに味わったものと等しかった。

「ノートの耳が折れていますよ」。そう先生に耳打ちされると、ぼくらは父親のシャツのどんな小さなしわも伸ばしてしまうお母さんのアイロンがあったらと願い、すべてがすっかり元どおりになることを切に願ったが、被害はもうそこにあり、とり返しようがなかった。

なかには、じつを言うと、気にしない子どももいた。その子のノートは――ピーニャ、唯一無二のピーニャである――まるでアコーディオンで、それを彼は耳折れや先生のお咎めなんぞ気にもとめず、笑いながら開けたり閉じたりしていた。なんでそんなことができたのだろう？　そんな力をどこで手に入れたのだろう？　いったい誰が彼を学校の、厳格きわまりない青空のもとでそんなにも不屈の存在にしていたのだろう？　どうして彼の文章は、小学一、二年の時ははば広く、三年で狭くなり、四、五年になるとさらに変化するノートの罫線に行儀よく沿っていなかったのだろう？

行をはみ出し、インクを滲《にじ》ませ、紙面のまっさらな雪にしみをつけるのはもうひとつの大罪で、ぼくらをどこまでも罪深い気にさせかねなかった。ぼくらよい子たちは毎日生き残りの世界に入れてくれるパスポートのごとく、ノートを大事にしていたのだ。

まるで現在のことのように、大文字のH、あの、おそらく今ではもう誰にも再現できないであろう妙ちくりんな文字、あの、結《ゆ》わえるのが何ともむずかしい船乗り結び、あの、おかしなアラベスクに由来する葛藤を思い出す。ピーニャ学習帳、そのフィレンツェ風のユリ柄に埋もれた白いエーデルワイスが目の前に開かれていた。ぼくの手にはエンピツが握られていて、というのも最初の下書きはエンピツを使うからで、ペンの出番はもっとあとで、たしかな筆さばきを習得してからのことなのだ。ぼくは自分の大文字のHを書いてみる。だめだ、白い消しゴムで消す。もう一度書いて、消す。書いて書いて書いて、消して消して消す。ここまで来ると紙は薄くなり、もっともっと薄くなって、そしてついに、惨事が！　目も眩《くら》む穴があく。手で覆ってみても、この場を切り抜ける望みなどあるわけがなく、そんなことは自分でもわかりきっている。「ノートに穴をあけましたね」。事実、先生は言い渡し、それ以上つけ加えるまでもない。ぼくはべそをかき、涙はぼくのピーニャ学習帳の白くて穴のあいたページにこぼれ落ち、ぼくはダメ人間で、できそこないで、要するに自分のノートに穴をあけた子どもになった気分だ。母は母なりに人事を尽くし、紙を小さな四角に切って穴の上に貼りつけた。「これでもう何にも見えないわ」、母はそう言ったけれども、でもぼくには何もかも見えていて、つらかった。

そして朝、一緒の机のファネッリが（みんな苗字だけで呼びあっていて、名前は発音すべからざるもの、誰にも許されざる馴れ馴れしさだったのだ）、学校の前でぼくに「ノートなくしちゃった」と言った時、背筋を凍てつく戦慄が走るのを感じた。「君のピーニャ学習帳、クジャクの表紙の、君のノート……」、ぼくはそれ以上、舌が回らなかった。ルビーニはぼくらの一学年上だったが、長靴下はいつもずり下がったまま、スモックのリボンはいつまでたってもほどけたままというルビーニには〝変わり者〟の父親がいて――ぼくの母はそう口ごもった――「酒飲みで、働かない、何だかアナキストみたいな人」。ぼくらは大笑いして、それは純然たる冒瀆だったのだ。「だけどノートが何だってんだよ、ファネッリ、もう一冊買えばいいさ。ノートが見つからなくたってこの世の終わりじゃないぜ！」。

彼の言うとおりだった、あの悪党で反逆児のルビーニ、けれども六〇年代には、よくできた子どもたちのひとりとしてそんな大胆でいけないことを考えたりしなかったのだ。ノートをなくすことは単純に行き場をなくすことを意味した。ピーニャ学習帳は一冊三〇リラだった、が、誰がお母さんに新しいノートを買うための三〇リラをねだる勇気を持てただろうか？ それに、ノートの中にあったものすべて、バジリカータ州についての、ガイウス・ムキウス(*2)についての、ピエル・カッポーニ(*3)についてのあの果てしない書き取りにしても、あの論理分析と文法分析の練習にしても、収穫と春についてのあのよく書けた作文にしても、なくしたままどうやって生き延びればよかったのだろう？

今は昔、先史時代のことで、ピーニャ学習帳に何千回とくり返された文字の長蛇の列は、記憶の凍てついた洞窟の中の岩絵群にも思える。

今日、音楽はすっかり様変わりし、はるかに気ままで耳に優しいリゾートビレッジ向けのものになった。

つい先日、ぼくは教室で言った。「ノートにこの小説のタイトルを書くように、この夏に何かおもしろいものを読んでみたかったら」。それでほとんどの生徒が携帯電話を手に取った。

「いいかい、このタイトルを書いておくように」。すると、トル・ベッラ・モナカ(*4)の気のいい女の子が大まじめに答えた。「ケータイに書いてるんです、これなら安全だから」

　ノートは少しずつその聖なる中心的役割を失っていった。今は、学生たちが例の、紙がかろうじて二個の爪に引っかかっていて、何もかも一緒くたで、重なって、これといった順序もなく入れ替わるメガバインダーを持っていれば上出来なのだ。代数学の練習にトキオ・ホテル(＊5)の歌詞が続き、レオパルディ(＊6)の「無窮」をめぐるメモが、そしてグラフィティの下絵のページが、それから愛の告白の言葉の数々が続いてゆく。

　今日、決定的なものなど何もなく、縁石のように動かざるものは何もなく、その点、子どもと学校の聖なる同盟の架け橋とも言えたピーニャ学習帳も例外ではなく、今はすべてが動きまわり、速やかに消費され、すべてが早急に進展してゆくのだ。

　ふり返れば、ぼくらが学校で送った少年時代はナフタリンや、惨《みじ》めさや、怖れや、憂《うれ》いの物語のように思え、あるいはまさにそうだったのかもしれない。何世紀もくり返されてきた不動性の中では、それまでと異なる行為はどれも一大イベントだった。思い出すのは(思い出すというのは何という苦痛、何という湿っぽい努力だろう)ぼくがビアゾッティに蚊の鳴くような声で――小学校時代はじめて、その時一度だけ――ノートを家に忘れてきたから紙を一枚貸してくれないかと頼んだ時のことだ。彼はぼくをまず煩《わずら》わしげに、次に不遜な尊大さとともに、そしてしまいには目に一抹の憐れみを浮かべて見つめた。それから自分のピーニャ学習帳（ガリバルディ隊の表紙だった）を手にとって開くと、にべもなく真ん中の二ページを引きちぎってぼくに手渡した。何という大きな友情の仕草だろうか！　何と大いなる心だろう！　自分の体と言ってもいい自分のノートを、級友のために切断するなんて。

今日ぼくは成績会議の時間を待ちながら、自分が教えている学校のからの教室を回ってみている。机の下には棄てられたメガバインダーがいくつも横たわっている。子どもたちは学校が終わって、そこにほうり出していったのだ、とりたてて気にすることもなく。色鮮やかなメガバインダーで、縦横無尽に汚され、陽気でぞんざいで、誰のものでもあって誰のものでもない。それらはもちろんピーニャ学習帳ではなく、貴重な文化財でもなく、一生思い出し続ける生き生きとしてちょっと憂鬱《ゆううつ》な、というものではない。

＊1　小学生用のアニメキャラなどがついたリュック。
＊2　紀元前五二四～四八〇。共和制ローマの伝説的な人物。
＊3　一四四七～一四九六。ルネサンス時代フィレンツェの傭兵隊長、政治家。
＊4　ローマ郊外でもとりわけガラの悪いことで知られる町。

＊5　ドイツのポップ・ロック・バンド。

＊6　ジャコモ・レオパルディ（一七九八〜一八三七）。一九世紀最大のロマン派の詩人のひとり。学校でかならず勉強する。メランコリックで音楽的で実存主義的な多くの傑作を残した。「無窮」は代表作のひとつ。

率直さの時代

どんな哲学であれ、率直さを人間の欠点のひとつに数えることは決してないはずだ。むしろ率直な人間はより優れて、より正直で、本能的な信頼感を抱かせる。かたや敵の塹壕《ざんごう》には心なき者や、偽善者や、嘘を巧妙な武器にしてあさましく利益にありつこうとする輩《やから》がいる。いたって明快ではないか？　善は率直な者たちとともにあり、悪は心なき者たちとともにある？　決戦の地をこのふたつの陣営に分けるのなら、何の疑いもない。

しかし、少なくともこの国、ここ数年のイタリアでは、率直さは熟考という新たな敵を作り、軽薄さや高慢さの愛しき姉妹と化したかのようなきらいがある。多くの若者たちが、といっても彼らばかりではないが、その場で頭に浮かんだことをほんの一瞬考えてみることすらせず言ってのけることを、数百を数えるテレビ番組から教わったのだ。「センセー、オレはソッチョクなたちだから言うけど、どうもこのレオパルディの詩ってマジ、サイアクな気がすんだよな」、あるいは、分野を変えて「戦争だの平和だのって、オレにとっちゃまあどうでもいいようなもんで、これ、心からの言葉なんです」。

率直さは、あらゆる思考の労力を避けるための抜け道となったのだ。おかげで口頭試問の際に子どもたちは筋の通った話ができなくなった。熟慮を経た対話の場であるべきなのに、言葉はかろうじて発せられ、つながりはばらけ、話題はしばしば空中分解に至る。自分とは異なることについて話さなければならないのだが、今は誰もそういうことに慣れていないのだ。まあ無理もない、ぼくらはテレビで年がら年じゅうイタリア全土に向けて恥ずかしげもなく自分の恋愛話をする人間たちを、何でもかんでも罵倒し、顔も赤らめずに「好き」だの「キモい」だの言ってのける人間たちを見ているのである。

かつて率直さは厳しく、しかもつらい経過があっての成果だった。みずからの真実を言葉にする者は、それまでずっと熟考し、苦渋の思いというヒキガエルを吐きだすための言葉を入念に選んだものだ。危険を冒す覚悟で、実際に冒してもいた。愛の告白にしても、心を震わせながら過ごしたいくつもの夜を経てきたのだ。それも今はもう何でもなく、単なるノドのうがいでしかなく、くだらないナルシシズムでしかない。

このキュートな言葉の力に守られ、お墨付きを得て、新イタリア人たちはなりふり構わずしゃべくり、意気揚々と自分の腹の中をさらけだしはじめ、しかも瞬時に考えを変えてゆくのだが、何しろもはや何の考えもなく、あるのはただ大いなる率直さばかりなのだ。ぼくらはある時から、嬉々として自分のウンチの話をする子どもたちのようになってしまった。「センセー、トイレ行かせて」。そこでぼくは答える。「ベルが鳴るまであと二分なんだ、説明の最後まで待つように」。こうして待ってましたとばかりのひと言が発せられる。「そっか、だったら、あそこの隅っこでやっちゃいます、悪いけど、もうムリです、ソッチョクに言ってるんです」。彼は率直に詩なんて大嫌いだと公言している少年と同一人物である、「だいたい何の役にも立たないし、一リラの足しにもなんないし」と。多くのビデオ枢機卿たちがこの粗野で低俗な純真さを新たな価値と見なしたのだ。

言うまでもないが、ここで、言葉を発する際に厳密で、慎重だった社会を懐かしんでいるわけではない。誰もが怖れずに自分の考えを言えることは正しい。学生たちが〝聴者〟、つまり古代ギリシャのストア派の学校での慣わしのように、学ぶまではもっぱら聴くことに徹していなければならない人間たちであることなど、ぼくはまったく望んでいない。けれども口を開けて、声を出すことが一番いいことではない気がする。つねに率直であるべきにせよ、それ以前に考える訓練が必要だ――自分のかゆみのひとつひとつについて、公の場で掻きむしるべき絶対的真実なのかどうか、少しは疑ってみつつ。

「私について大いに話そうではないか」、ザヴァッティーニ(*1)は書いた。結構だ、けれどもほかのことについて話すことも少し学ぼうではないか、少なくとも試験の時ぐらい。

＊1　チェーザレ・ザヴァッティーニ（一九〇二～一九八九）。脚本家、作家、とくにヴィットリオ・デ・シーカとの仕事で名高い。

生徒たちの詩心

学校では両手いっぱいの苦い思いや落ちこみを拾うことがままある。じつによくできた授業の準備をして、少なくとも自分ではそんなつもりで、流れは的確だし、引用はささっと、今の時代と関連づけるところにはまあ、いささか無理があったとしても必要なわけで、ぼくらも今回は的を射たつもりでいる。ところが誰も話を聞かない。

率直さ、恐るべしだ。「センセー、しょうがないです、オレたちそんなことに興味ないから」でもぼくは喰らいつき、くじけることなくふたたび攻勢に転じ、敵を見すえ、弱点を突く。そして今度こそ命中させる。イタリアの現代作家の詩を読み、一節ずつ書き取らせ、ひとりひとりのノートにちょっとした抒情詩アンソロジーを作らせてしまう。

どうか、たったひとりの神、たったひとつの午後の歓びよ
すべてが果てしなくあるように
雨が降らないように

カッリスティがかなりごきげんにくり返す。「ミーロ・デ・アンジェリス」。次いで「いいじゃん」。

思い出は心のうちで増殖してゆく
樹の幹のうちの年輪のごとく

メッサリーニが読誦する。「ヴァレリオ・マグレッリですね」。確認する。

私は静かでありたくない
私は灰でありたくない

レッキがため息をつく。「ヴィヴィアン・ラマルク、シンプルだけど深い」とコメントする。そもそも彼らの、キングバーガーよろしく膨れあがったアジェンダ（*1）は、愛や嘆きの言葉や、ラブソングや怒濤のラップの歌詞や、街の壁で見つけた警句であふれんばかりなのだ。そこでぼくは不意に、詩なら、説話文学や、評論や、新聞雑誌の及ばないところまで行けると気づいた。彼らの世代はあまりにも行きどころがなく、ここまでの道のりで、理性の論理的、構築的枠組みを失くしてしまったが、それでも、おののきや、ときめきや、またたく間の直感といった、魂の躍動は失くしていない。こうしてぼくは土曜日にお気に入りの詩人を連れてゆき、三、四編の傑作を読むことにしている。子どもたちはあっという間に覚え、自分たちのものにしてしまう。

瓦礫《がれき》の中で必ず一輪の花が生まれ、彩り、空気を匂わせる。

＊1　ダイアリー、日記帳。ティーン向けのもの（リュックとともに必需品）は辞書のように厚手かつポップなつくりで、書くスペースだけでなくコラムや情報も満載している。

口頭試問とピアス

　シンボリックな側面を持つ状況というものがあるが、そもそもぼくらにはまず解き明かすことができない。不意にマハのヴェールが開かれて、あるいはヘリがほんの少しだけずれて、ぼくらは恐るべき目まいを覚えつつ、その奥に目を凝らすことができる。ヴェールはすぐに閉じられ、その一瞬も時の単調な流れに飲みこまれる。ぼくらにはもう、何を見たのか、何を感じたのかを口にすることもできない。

　ともあれ、ある日ぼくは生徒のジャーダに、一学期で扱ったいくつかのテーマについて近々、口頭試問をすることになる、落第科目は何としてもとり戻すべきだし、法律でもそうなっているからと言った。何よりジャーダの場合は卒業試験が待ち受けていて、こみいった借金（＊1）の問題を片づけなければならず、どうしてもここで挽回しないと合格が危うかった。

　ジャーダはぼくの話を辛抱強く聞き、聞きながら首を横に振る。前の年に落とされて、もう二〇歳を過ぎている彼女は、いくつかの落第科目を拾いあげるために多少努力し、試験を受け、そうして今度こそ学校を卒業しなければならない。ぼくは彼女に手を貸したい。

ジャーダは暗い顔で自信なさげだ、家庭問題をいくつも抱え、それでもぼくのことは信頼している。何度となく失恋体験を、郊外の果ての気の滅入る物語を話してくれて、ぼくは耳を傾け、助言を試みる。

「でも今は勉強して、この自然主義とヴェリズモについて、一九世紀なかばの作家たちが感じていた、現実に近づいてそれを客観的に物語らなければならないという必要について、ちょっとした口頭試問を乗り越えなきゃ」

ぼくを見もせずにジャーダは、この先一〇日間は口頭試問を受けられない、と答える。

「どうしてなんだい？　とり返しようがなくなるかもしれないんだよ。質問ふたつだけさ、がんばろうジャーダ！」

目を上げて彼女は言う。「仕方ないんです、全然しゃべれなくなっちゃうから、明日、舌にピアス開けるんで」

＊1　落第科目を翌年度に持ち越して再履修させる制度だが、二〇〇七年からは翌年ではなく、学年末の成績発表から新学期開始まで（つまり夏休み）に補習し、最後に口頭試問で審査されるように変更された。借金は通常三科目まで可能で、四科目を超えると落第になるケースが多い。

ゆっくり動く子どもたち

イタリアの子どもたちはゆっくりと動く。不思議だ、あの年頃のぼくはいつも駆けまわっていて、いつでもどこか、ここじゃない場所へ、ともかく今自分がいるところから遠くへと逃げ出そうとしていた。なのに彼らはゆるりゆるりと歩く、終業ベルが鳴って一目散に学校から駆けだしていくはずの時でも、試験から解放された時でも。まるでネズミを消化しようとしているニシキヘビだ。何かがひっかかっていて、体を重くしていて、緩慢にさせている。小さい頃はコマのように跳ねまわっていたのに、いつしかアルプス歩兵隊並みの足取りを身につける。行くよりは、そこにいる。逃げるよりは、とどまる。ネズミを、つまり現在という時間を消化するのに完全に気をとられているのだ。現在は太っていて、多様で、栄養価も破格だ。

若者たちは自分の時代に対してつねにある種の反感を抱き、過去や未来の中にもっとほかの、しばしば純粋に想像上の、敵意と空想が生み出す答えを求めながら異を唱えようとする、とぼくらは考えがちだ。現在は父親たちの、うっとうしい、不正の、あきらめの季節なのだ。ここは違う、今は違う、そうじゃない、青春の旗にはそう書かれていた。

しかし今は現在が完全支配し、以前も後先もやっかい払いし、好き勝手に法を布《し》いている。それほど現在の棚はあふれ返り、在庫処分すべき商品だらけで、商品も日一日と生まれ変わるので、ふり向いたり先を見たりする可能性など一切ない。

飽食の時代、窓も逃げ道もない時代なのだ。ことによると、こうしてどっぷりと今の中で暮らすのにも一理あるかもしれず、考えてみれば啓蒙家の多くは過ぎゆく一瞬を激しく生きよ、こぼれ落ちるしずくをつかめと激励しているのだ。今とは別の時代の子どもたちだったぼくらは郷愁や理想郷を追い求めつつ、はるかな一瞬を、死して埋葬された芸術家たちを、手の届きようのない経験を理想化しながら身をやつしてしまったのかもしれない。ものごとをありのまま、逆らわずに受け入れる、めぐってきた運命を愛そうと決めた子どもたちが正しいのかもしれない。

当然ながらこの現在への揺るがぬ忠誠は、調べる手だてとしての記憶の消失につながる。過去はムッソリーニやペトラルカ、ペルティーニやミケランジェロ、ビートルズやチャップリン、フェリーニやユリウス・カエサルの、そして時にはETやカート・コバーンまでもの、ほこりまみれの胸像が積みあげられた、鍵のかかった小部屋なのだ。一〇〇〇年前の出来事や人物と、おとといのそれとのあいだには差がない。全部まとめて白黒の、不毛で、かなり退屈で、この太陽と、音楽と、現代語訳の朝がまだ存在しなかった無意味な時間に属している。研究テーマや、図書館での調べものや、乗り越えるべき試験にはなるかもしれないが、生きた力になることはまずない。どこに押しこめばいいというのだ、もうここはどこもいっぱいで、老人や死人には立ち席すら残っていないのだ。

折を見てぼくは、芸術の時間というのはカレンダーの時間とはまったく別で、マルクス＝アウレリウスもシェイクスピアも博物館の彫像になるまでは、彼らのような子どもたちで、同じように不安や希望を抱き、自分の話をすればとめどなく言葉があふれた、と説明しようとしてみる。でも焼け石に水で、誰も耳を貸さない。

現在の独裁は、張りめぐらせた有刺鉄線をとび越えることを許さない。ショービジネスや、ファッションビジネスや、トレンドビジネスや、グローバリゼーションビジネスがあらゆる地平を仕切っている。若者たちはそれほどまでに重要な市場であり、はるかな、タダの、レシートのない世界へ解き放ってしまうわけにはいかない。こうしてぼくは、現在という重荷に押しつぶされ、果てることなき消化で疲れきった彼らが学校を出て、いくらか足を引きずりながら歩いてゆく姿を見る。

同じ言葉、同じフレーズ、同じフィーリング

学校の日誌は、作家や、好奇の目から離れて考えや気持ちを書き記しておこうとするどんな人間の個人的な日記とも、まるで正反対のものだ。ひとりひとりの学生が教室に持ってくる日記には、自分自身の良心のページだけに打ち明けるべき秘密はなく、子どもたちのグループ全員の共有財産でありたがる愛や、憎しみや、あざけりや、歓びの言葉がある。明日までの宿題を書いておくことを手はじめに――これはどこでも、ノートにも、飛び交う紙にも、頭の中にもそして時には日誌にも記録される――学生は自分のズメモランダやコミックス（＊1）のどのページにも縦横に書き込み、そのどれもが誰もが読めるように、大きく、活字体で書かれた派手なメッセージなのである。そしてどの学生もほかの学生の日記に自分の痕跡を残すべく呼びかけられる、ちょうど郊外の壁にするように。歌詞の一節、愛する彼女への熱き想い、サッカーの雄叫び、教師や全人生の寸評。

こうして学年末にはどの日誌も似たようなものになる、ヴァスコ（＊2）やファブリ・フィブラ（＊3）の同じフレーズや、同じクラスのひとりひとりの恋愛や、リーグ戦の結果や、教師のカリ

カチュアが掲載されるのだ。どの子もほかの子たちのゲストで、どんな考えもほかのあらゆる考えとごった返す。

学校日誌では集団的内面、世代の魂、人生への共通の姿勢が露わになる。ものごとを自分の胸に秘める者や、それをこっそり書く者は疎外者だ。仲間から離れ、自分の日記のひとりだけのページにみずからの感動をつぶやく者は、いにしえの存在で、この世界の感動のお祭り騒ぎの一部となることは決してない。

＊1　ズメモランダもコミックスもティーンエイジャーをターゲットとするカラフルで遊び心あふれるアジェンダ。単なる日記帳ではなく、様々なコラムやマンガを掲載している。

＊2　ヴァスコ・ロッシ（一九五二〜）。若者から中高年まで幅広いファン層を持つ今やベテラン・ロック・シンガー。ややタガの外れた疾走感が持ち味。

＊3　一九七六〜。わかりやすくインパクトの強いフレーズで若者に人気のラッパー。

リュックは語る

キェシロフスキの傑作『ふたりのベロニカ』（＊1）の中で、ある男が主人公に訊ねる。「君はいったい何者?」。すると彼女は黙ってバッグの中身をベッドに空けて答える。その、選ばれて布の袋の闇の中で守られていたもののなだれが、どんな言葉より彼女を言いあらわしている。

九〇年代はじめの秀逸な短篇作品、イヴォン・マルシアノの『エミール・ミュレール』の中で、ひとりの女性が舞台のオーディションを受ける。演出家はハンドバッグに入れているものを糸口に自分について語るようにと言い、彼女は一枚の写真を、ひとつの魔除けを、ひと束の鍵を、一枚の鏡をめぐって、自分の悲しい物語を感情をこめて紡いでゆく。最終的にそれは彼女のバッグではなく、彼女がまさに名優としてすべてを編み出したことがわかる。

つまり、バッグの中身は真でも嘘でもひとりの人間の人生を解き明かすことができて、それはものが絶対的な価値と意味をロマンティックにとり込むことができるからなのだ。

だとすると、ぼくらの子どもたちのリュックは何を隠しているのだろう？ ぼくらがその中に鼻を突っ込んだとしたら、何を見つけることになるのだろう？

時は変わり、もはやひそかな思いや、個人的なお守りや、二重底の下にそっと秘められた夢の時代ではなくなった。すべては白日のもとで起こり、中は外で、しっくいは家なのだ。というわけで若い子たちについて何か理解したいと思っても、おせっかいな年寄りよろしく彼らの色鮮やかなリュックの闇の中をひっかき回す必要はない。見つかるのはせいぜいi-Pod、教科書が二冊（多くて二冊だ、何しろ「本は重いんです、センセー」と、ぼくの身長一メートル九〇センチで鍛え抜かれた背筋の生徒が言ったくらいだ）、タバコ一箱、歯型のついたボールペンが一本、たまに着替えが入っているが、これは放課後にもっとまともななりでどこかに行ったりするためである。

ぼくらの子どもたちを理解するにはゴシック聖堂のファサードや街の建物の壁面のように、文字や、シンボルや、キャラクター満載のリュックの外側を読むべきだ。若者の物語の大半はそこに、はっきりと目立つように、愛用のリュックのプラスチック皮のタトゥーとして、堂々と胸を張って披露されている。

究極の永遠の愛の告白があり、たとえば「ルカ、あなたは私の人生のすべて」、そしてそのすぐ下には「ミルコ、愛しすぎちゃってどうかなりそう」が続く、もちろん季節は移り変わり、恋は過ぎゆき、リュックは残るのだ。時にすべては一連の名前と「tvtttb(＊2)（メチャメチャメチャメチャ好き）」という、愛情の爆発的圧縮の手法がとられる。それからスタジアムやテレビの前で過ごしたいくつもの日曜が瞬時に読みとれる。「ローマ・フォー・エヴァー」「くそラツィオ」「神のごときトッティ、でもトッティは存在する」。もちろん彼らの心をひとつにしたり、競わせる音楽があり、誰にだってお気に入りの歌手がいて、サインペンを駆使してフォローする。「ヴァスコ帝政」「トキオ・ホテル、生きるならここだ」「夢見させて、ジジ(＊3)」。そして、走り書きの警句がいくつか。「われらは未熟で、かくして完璧なり」「誰もここから生きて出られまい」。もっとも独創的な者たちは、リュックにどこかで拾ったバッジや、優しさと甘えたい気持ちを伝える役目を担う小さなぬいぐるみの動物をつけている。そうしたすべてが見たい人間の目につくところにあり、肌とプラスチックの表面に残された痕跡なのだ。

もっともフーゴ・フォン・ホフマンシュタールのような精神主義の詩人も、深層は表層の中に隠れている、可視は不可視を含むと主張していた。残念ながら、少なくとも郊外地区ではハーケンクロイツもリュックの表層を席巻していて、その一方で鎌と槌は色褪せつつある。

けれどもリュックはその本来の持ち主だけが書いたり描いたりできるごく個人的なペー

ジではなく、それよりむしろ友だち全員が気の利いたフレーズや、感傷的なフレーズを残すように求められる石膏ギブスを思わせる。

リュックはグループ作品、共有された物語なのだ。ひとりひとりが何らかのかたちでその、人生と時間で汚された袋に痕跡を残す権利があるように感じている。こうしてリュックは世代のワーク・イン・プログレスとなり、気分や、愛や、ノイズをとり込んでゆくのだ。

五年間の学校生活を終えた後に回収されて文化人類学博物館に引き渡されれば、研究者たちによって、ちょうど洞窟壁画の絵解きをするようなぐあいに現代の一部族の習わしや風俗を解析できるのではないだろうか。ぼくらの液状社会ではすべてが浮かびあがり、魂やリュックの奥底に潜んだまま耐えうるものは何ひとつない。骸骨たちですらワードローブを抜け出して陽気に踊りたがっているのだ。

＊1　クシシュトフ・キェシロフスキ監督作品。イレーヌ・ジャコブ主演、一九九一年製作。

＊2　ti voglio tanto tanto tanto bene の略。

＊3　ジジ・ダレッシオ（一九六七〜）。ナポリ出身、熱狂的なファンを持つポップ・シンガー。

教室で生徒の携帯が鳴る時

たとえどこかの巫女でも、中国の占星術師でも、一五年前のこんな場面は想像だにしなかったはずだ。

高校の国語の時間。先生はジョヴァンニ・パスコリ(＊1)について説明している――その人生感情や詩情、〝巣〟と死者たち、〝幼子《ファンチュッリーノ》〟と斬新な擬声語《オノマトペ》の用法について。先生の前には二〇人の子どもたちがいて、机の上には少なくとも三〇台の携帯電話が置かれている。時折、そのどれかが鳴る、といってもこの場合〝鳴る〟という動詞はあまりに舌足らずだ。呼び出しを告げるのは、歌の断片だったり、急ブレーキだったり、電子音だったり、バックスタンドの応援歌なのである。

学生は携帯を握って机の下にかがみ、小声でこそこそ言い、にやにやする。

先生は気が萎えてしまい、どう授業を再開したものかわからず、黙って見過ごすべきか、ケンカを売るべきかすらわからない。彼の傷つけられたプライドは、ケンカを売る方向に背中を押す。

「どういうつもりなんだ」。彼は叫ぶ。「ここは学校だぞ、ここは勉強し、学び、優れた詩と触れあう場なんだ、バールや駅にいるのとはわけが違う！ こんなバカなことがあってたまるか、このまま進められると思ったら大間違いだ、友だちや彼女の電話なんか待っていたら、気が散って仕方ないじゃないか！ 没収三か月になる前に、ぼくの頭に血が上って壁に叩きつけられる前にそのケータイを切るんだ！」

先生は怒り心頭でなすすべなく教え子に歩みより、手から携帯を奪いとり、訴えられる危険を冒しながら、その金属の小箱に怒鳴る。「いったいどこのバカが授業中に電話をかけてくるんだ？」

電話の向こうからいら立った声が届く。「父親です、二度とそんな口の利き方をなさらないように」

先生は狼狽する。携帯電話を男の子の手に戻す。

パスコリは孤独な人間だった、と彼は口ごもるが、誰も聞いていない。

＊1　一八五五〜一九一二。二〇世紀最大の詩人のひとり。〝幼子《ファンチュッリーノ》〟とは彼の詩論で、大人の心の奥底にも棲み、世界を驚きのまなざしで見つめ、新たな意味を見出すことができる純真な魂を指す。

親の勉強をアシストするコーチ？

子どもの学校の勉強についてゆく自信のない親のためのコーチ。フランスから届いたこのニュースは、笑えると同時に泣ける類《たぐ》いのものだ。それなら騒がしい食卓に困りはてた母親のトレーナーは？　おこづかい問題のやりくりが苦手な父親の監督は？

とはいえ明らかに問題は存在していて、解決策は、たとえ笑い草になるようなものであろうと、求められているのだ。

教師と親と子のあいだで望みうるかぎり最良の結果を、あるいは好成績や高学力を家に持ち帰らせるために誰もが協力しあっていた、かの高邁《こうまい》な三位一体は見る影もなく砕け散った。教師はカオスとあざけりの中でもがき、お母さんはもはやわが子のかたわらに座って毎日のちょっとした宿題をこなす手助けができずにいる。親たちには、なかでも生活の苦しい者たちにはいろいろと、いくらでもやることあるのだ。何とか火の車を動かし、溺れない程度には稼がなければならず、なかなか家にいられず、こうして子どもたちは彼らの留守をいいことに本を開かなくなる。

思春期の子たちの午後は、まわりに誰の目もない、日記は書いたかとも、本を読んで、授業の復習をしなさいとも言われない、不毛で果てしない草原だ。空っぽの家ではつけっぱなしのテレビが、次々にメッセージをほとばしらせるチャットが、唸りをあげるケータイが君臨する。非生産的自由が君臨し、学校用のリュックは部屋の隅でかびてゆく。

そこでコンサルタント、すなわち父親たちの父、そうした野放しで少しさみしい子どもたちにどうやって勉強させればいいかを説くエキスパートの登場だ。とはいえ、うまくいくとは思えない。きっと親たちも心ここにあらずで、請求書の支払いや、家賃や、ぞっとするローンで気を揉みながら聞いているのではないだろうか。恐らくコーチなんかよりも必要なのは、安定した収入や、いくらかの経済的余裕や、そして子どもたちの肩に乗せられる温かい手なのだ。

補講は迷子の子ヒツジを救えるか

今日の学校は理論と実践のあいだに横たわる恐るべき距離の明らかな実例であり、時として例の〝あらゆる問題の原因は解決法にある〟というパラドックスを裏づけているかのようにも思える。

机上では、学年内に子どもたちに補習させ、ひとりも落第や無知という流砂に埋もれさせないようにするのは、良心的で正しい考え方のようでもある。アメリカ映画でよくある、ヒーローが負傷した戦友を置き去りにせずに背負って運び、命を救うというようなぐあいに、イタリアの学校も三点の深淵や、四点の溝に落ちたり、五点上で綱渡りしている者（*1）にすら手を差し伸べようとしたつもりなのだ。

そういったわけで、三学期制一学期の成績評価の後（四学期制などもはや議論に上らないが、まさに手遅れになる前に病巣を識別するためにも、復活させるべきところだ）、二月末や、ともすれば三月半ばに至って、全科目の補習授業を、復習や、リベンジや、希望に捧げられる午後の時間にスタートさせようということになる。ただ、学年なかばで一科目以上で落第点をつけられた学生たちは数知れず、七〇パーセント以上にもなるのだ。これまで何もやってこなかった者も、一科目でギリギリの落第点をもらった者も、ともかく補習を受けなければならない。

志は立派なもので、学校は安全な小屋にいるヒツジよりも可愛い迷子のヒツジを探しにゆく良きヒツジ飼いであることを証明する。残念ながら今や、ほぼ群れの全員がいずれかの科目で迷子になっていて、速やかに救助隊を手配するのは無理な相談なのだ。先生の時給の追加分を払うためにも、新たな教員を募るためにも、午後も教室を使うためにも多額の費用がかかるはずだ。だが資金は、どうもなさそうである。絶妙な連携プレー、きっちりはまった時間割が必要になるが、これもまず解決不能な問題に思える。そしてこうした一切の事情の上に不信の暗雲がたち込める。当の学生たちにしても、理解しそこなったことをあらためて勉強し直すために昼から学校に戻ることに何だかぴんとこないようで、先生たちは——根深い失意のおかげで——どう転んだところで、どのみちまたもやうわべだけの改革か、絵空事の計画か、いつつぶれてもおかしくない掘っ立て小屋に過ぎないとわかっている。

この際、子どもたちに家で、部屋にこもってまじめに勉強にとりかかるしかないぞと、注意を促したほうがよさそうだ。ていたらくはもうおしまいで、誰もがみんな本気を出さなければならず、学校は、いくらスクリューが回っているとはいえ、誰でも一度乗りこんだらのうのうと日向《ひなた》ぼっこにふけっていられるノアの方舟ではないのだ、と。

＊1　各科目一〇点満点で六点が合格ラインになる。

ぶ厚くて高い教科書が家計を脅かす

予告された値上げとイタリアの家庭の寒い懐事情で、子どもたちが学校で使う教科書の購入はかなり痛烈な打撃である。

人びとはリストの詳細を見て、震えあがる。アンソロジーが三〇ユーロ、ラテン語の教科書が四〇ユーロ、しかも買うべき書物は多く、どれも比較的値が張るものばかりだ。

裕福ではない家庭には助成金が用意されているが、食うや食わずのレベルでやっきになっていなければならないし、目も当てられない貧乏人の範疇《はんちゅう》に入れられてしまう！　平均所得家庭では、いや、平均所得以下や、ずっと低所得の家庭でもリストを手にし、胸は心配でいっぱいにして書店に並ぶことになるのだ。

やっかいなのは書籍同士がたがいに足の引っぱりあいをする点で、毎年四月になると学校に様々な出版社のセールスマンが舞い込んできては、教師たちをたぶらかし、担当科目で使う教科書を変える時がやって来たと説き伏せようとするのである。すると先生たち、いつも何の決定権もなく、一年じゅう理不尽なカリキュラムやダダイスティックな会議に晒《さら》されて過ごす彼らは、この対話を栄光のひとときとして味わう。くすぐられ、称《たた》えられ、おもねられて、否応なく罠に落ち、一年前に採用したばかりの教科書を変えてしまう。

競争は容赦なく、毎年、市場に何十もの新刊を送りこみ、どれも改訂され、どれも教師が新しいカリキュラムを悠々とこなす手助けになるようにできている。こうして兄と二歳違いの、学校も同じ、専門も同じ弟を子に持つ親も、本来なら、一から全部買い揃えなければならなくなる。本来なら、というのは、残念ながら、一冊も本を持ちあわせていない学生たちに授業をしたことが多々あるからである。「高すぎるから、今年はコピーで間に合わせるようにと父親に言われました」というのが、ぼくの驚きに対する一番よくある返事だ。それからもちろん、歯を食いしばり、食うものも食わず、息子に立派な教養を身につけさせようと全部買い揃える家庭もある。かくしてぼくらは、早朝の街の通りを、岩のように重く、完成度と無用度を増すばかりの大著が何冊も何冊も入ったリュックを背負ってゆく中学生の姿を目にするのだ。ほんの一例をあげれば、二年間使うアンソロジーは今や、演劇、詩、小説、映画と漫画の、四ないし五分冊に分割されている。どんな飛翔もはばみ、目が飛び出るほど高いがらくただ。

単純化すべきところだが、かといって貧しくするのではなく、ただ核心に、本質的なことに目を向けるべきなのだ。これは、埒《らち》が明かない長談義や漠とした怒りに囚われたぼくらの学校関係のあらゆる部門を一掃すべき健全な姿勢だ。それなのにすべては複雑化し、善意の、曖昧な意図の迷宮の中に消えてゆく。

どうか、明快で、知的にも、経済的にも手の届く教科書を一から作り直そうではないか、子どもたちと家族が、死ぬほど煩雑で高価なテキストのなだれの下敷きにならずにすむように。

現代っ子とドルチェ&ガッバーナのショーツ

学校で教えていると、その日の真実に触れることになる。それは産みたての卵を、まだ温かくて、少し殻が汚れていたりするのを拾うようなものだ。歴史家たちは世紀に問いかけるが、イタリアのどんな郊外の教室でも、秒が刻まれてゆくのを耳にする。

かくしてある日、ひとりの一五歳の少女、それまでとりたてて才気を示すことがなかった女生徒が、ぼくを唖然とさせる考察を行った。授業も最後の一〇分で、生徒たちとのおしゃべりに費やされることが少なくない時間帯だった。

少女はドルチェ&ガッバーナのショーツ、ローライズのパンツからはっきりとはみ出して見え隠れしなければならないロゴがゴムにプリントされたショーツを買いたいと話していた。

ぼくは、夕方六時のトゥスコラーナ通り沿いを、何十人もの女の子たちが同じような出で立ちでうろうろしているじゃないかと反論した。みんながするような選択をくり返すのは、個性を持つことをあきらめるのは、ほかの誰かが考え出したファッションに従うのはちょっとさみしくないだろうか？　そして、まじめでわりと杓子定規な先生らしく、ぼくはユンクの一節を引用した。「個性なき人生は無為な人生である」。要するにぼくは大衆文化を非難し、誰でも歩むべき道があるのだからと、ひとりひとりの学生に自分の道を探すように促すお決まりの教師役を演じたわけだ。

するとすると彼女は、明快で衝撃的な自説を披露した。「先生、今は個性を持つなんて、ほんのひと握りの人間にしか許されないってわからないんですか？　歌手や、サッカー選手や、女優や、テレビに出ている人たちとか、そういう人たちは本当に存在していてやりたいことをやっています、けれどもそれ以外はみんな誰でもなく、この先もずっとそうなんです。私は小さい頃からわかってました。私たちの人生なんてどうせ無意味だって。私の友だちが仲間うちであの髪の黒い子がいいか、金髪の子のほうがいいかとか言いあってるのを聞くと、笑っちゃいます。どっちでも同じ、ふたりともぜんぜん同じで無意味なのに。私たちにはほかのみんなと同じショーツが買えるだけで、違いをアピールできる望みなんてひとつもないんです。私たちは姿かたちのない大衆なんです」

何ともやけっぱちの論理性にぼくは戦慄を覚えた。ぼくは抗議し、絶対にそんなことはない、誰でも、有名になんかならなくても、何かを成し遂げ、いい仕事をして満足を得ることができると反論した。愛し、子どもを持ち、自分が生きている世界をよくすることができると。ぼくは自分の弁論の限りをつくし、できるかぎり説得力のある言葉を使い、できるかぎり適切な例を挙げて抗議したが、彼女を説得しきれないことはわかっていた。それどころか、自分自身すら説得できないことに気づいていた。この子が容赦なく、醜く、堪えがたいにせよ、若者たちの頭の中で、この世界の中で起きていることの全体像を捉えるイメージを言いあらわしたことがわかっていたのだ。

一五歳にしてもう、自分の人生は終わったものと、決して浮かび上がることのない失われた大陸の一部として、せめて自分の人生の主役であり得る望みですらまったくないために単なる商品の消費者であると感じてしまうなんて。かつては著名人への、より高く、より普遍的な価値を——音楽や文学、スポーツや政治で——明らかにさせた人びとへの驚嘆は、若者を競争へ駆り立て、父親たちの反動性や凡庸な自制心から抜け出すべく導いた。偉人たちのおかげで小さくあるまいと心したものだ。今はそれとは異なる論理が主流だ。中にいる者は中にいて、外にいる者はずっと外にいる。運良く成功した者は本当の人生を手に入れ、それ以外はすべからく傍観者となり、何もない中をあさって過ごす運命にある。

泥からはい上がったというだけでＶＩＰとみなされ、何を成し遂げたかも、後世に残る作品なども重要ではない。ぼくは郊外で、財布の中に友だちの、数人の武装した銀行強盗犯の写真が載った新聞の切り抜きを入れている子たちと知り合った。そうした連中はともあれ著名人になり、いずれ刑務所でテレビのインタビューを受けるようなこともあるかもしれないのだ。

これが、この国の無数の後進地域に蔓延する低層文化であり、この二〇年で考え出され、実行された弱者に対する犯罪なのだ。数少ない個人が自分のストーリーを、運命を、顔を持ち、テレビのゲストになる。それ以外の誰もが一五歳でもう、トゥスコラーナ通りを行ったり来たりしながら見せるロゴつきのショーツと、やりきれなさと無力感でいっぱいになった心しか、望めないのだろう。

モニカは学校をやめた

ぼくは注意深くモニカの言葉を聞いた——それはぼくの生徒の本当の名前ではない、けれどもバウステル(＊1)がそう名づけ、ぼくが書いた記事をもとに素晴らしい曲を生み出したのだ。ドルチェ&ガッバーナやカルヴァン・クラインのショーツのロゴを見せられるようになっているローライズパンツ、それは底辺の人生のシンボルで、そこでなら一六歳でもう、何もかも終わったと感じてしまっても無理はなかった。

モニカは頭のいい子で、ちっとも勉強せず、〝いかにもヤクの売人っぽい顔つき〟の男の子たちを愛し、着る服やケータイのことしか考えず、それ以外は自分の運命には縁がないものと見なしていた。腕を傷つけるようになり、最初は浅い傷だったけれど、ある時深い傷が刻まれた。両親が呼び出され、クラスメートやＡＳＬ(＊2)のカウンセラーが巻きこまれた。それから、一科目も及第点に達していなかった彼女は落第し、学校は引き留めることができなかった。モニカは今、彼女の住む街外れの地区をさまよっている。学校は、混乱していたとはいえ、それでもごく明晰な頭脳を失ったのだ。

多くの子どもたちがこうしてぼくらのもとを去ってゆく、人生はどこかほかに、教室の外にあるような気がしているのだ。学校なんかに底辺の人生を引き上げることなど、現在すら手にしているとは思えない者に未来を与えることなんかできるわけがないと、訝《いぶか》っているからなのだ。

＊1　イタリアの骨太なポップ・ロック・バンド。ロドリ自身、以前からかなり高評価していた。
＊2　地区保険衛生局。

『パリ20区、僕たちのクラス』をめぐって

各国の映画祭で受賞、フランスで大ヒット、評論家は手放しの絶賛、ローラン・カンテが若い中学校教師、フランソワ・ベゴドーの原作を映画化した『パリ20区、僕たちのクラス』だが、ぼくにはまったく納得できなかった。一見すれば、パリ郊外の塹壕で文化的、人種差別的、社会的な、あらゆるタイプの問題と闘う勇者として目に映りかねないあの教師の仕事に対してまだ誰も、胸の痛む評価を下していない気がするのだ。だが現実には、ベゴドー先生は、少なくともここで見るかぎりでは惨憺《さんたん》たる仕事ぶりで、時には無能に、偽善者に、あらゆる間違った判断をしながら気づいてすらいない人間に見える。彼の授業はたったひとつの信念に基づいている。子どもたちを絶対的な主役にする、ということだ。

最初からこの先生は、学生たちに自分のことをつぶさに語り、率直な自画像を完成させようとする。子どもたちは自分の家庭や、熱中していることや、嫌なことを語り、一切のかけ値なしにありのままの姿をさらけ出さなければならないのだが、ただ、一度として自分より優れたもの、たとえばシェイクスピアの一節やボードレールの詩などと向きあうよ

うに求められることはなく、求められるのは自分の塩辛いスープの中でひたすら煮詰まってゆくことだけだ。

この先生がアンネ・フランクの日記の一ページを読ませるのも、ナチズムや第二次世界大戦について説明するためではなく、単に学生たちに自分の欠陥を告白するように促すためなのだ。郊外の教師、いや、おそらく世界中のどんな土地のどんな教師であっても、学籍簿上の名前や点数を記す成績表だけに終わらない教え子たちの人生に、彼らの弱さや、体験に関わるべきなのははっきりしている――単なる概念や評価の供給者でありたくなければ。だが、ベゴドーはゆき過ぎる。学校でまるまる一年かけて、子どもたちの心の動きを追い続け、あらゆるかたちで彼らの人間的、社会的性質をつまびらかにしてゆく。

彼にとって大事なのは実像、事実、現状《ステイタス・クオー》ばかりらしい。文化が持つ変化の力をまったく信用せず、一篇の詩や物語がスタート時のデータを書き換え、あの学生たちの心と脳に届き、ささやかな変貌を遂げさせるとは信じられないのだ。ひたすら自画像の練習ドリルをくり返し、こうして避けがたいうぬぼれが生まれ、子どもたちの言葉の中に、幼児的感情の中に――好きだ、嫌いだ――ラップだのアフリカネイションズカップだのその手の話のみえみえで果てしないおしゃべりの沼にはまる。

その結果、事態は起こるべくして起こる。どん底レベルにおもねり続けたおかげで当の本人も躓《つまず》き、ふたりの女生徒に〝ブチ切れる〟、するとこのふたりを守ろうとある問題児が彼に食ってかかり、「ボコボコにしてやる」と言う。要するに、最悪のパターンだ。

　ぼくも似たような間違いを犯していて、映画を観ながらつくづく思い知らされたが、こうした道は避けるべきで、何も持っていない子どもたちには多くを与え、重要な問題や優れた作家について心を動かす授業をしなければならず、決して、たとえいかにより意識的にでも、彼らの置かれた惨状を確認するだけではすまされないとも、気づかされた。

　この映画はこれによって、執拗に打ち解けようとする要求と憤慨してキレる一瞬とのあいだでふり回される教師の文化的弱点がぼくらの目に明らかに浮かび上がるのなら、彼の破綻的な経験が、ぼくらがより多くを願い、より多くを成そうとするきっかけになるのなら、有意義だといえる。

「何も学べなかった」。学校の最後の日、ひとりの女子生徒が目に涙を浮かべて認める。そのとおりだ、あの先生は彼女に、たったひとつの雪辱の可能性も開かせず、ただ鏡の中の自分を見つめることしか教えなかったのだ。

　これが学校だというのなら、学校よ、さようなら。

　教師が純然たる人生の証を前にして、何も加えることなく降参するのなら、退学と落第だけが増え、無知と、抑鬱と、暴力だけが育ってゆくだろう。

「一分だって悩みたくないんです」

ぼくらはある郊外の学校の教室に入る。先生は女生徒のひとりに質問をしようとしている、前回の授業で読んだモーパッサンの短篇について二問ほど、何もむずかしいことはない。さて、この子は断固として質問を拒む、立ち上がって答える気などさらさらない。先生はどうしてそんな決意に至ったのか、わけを訊ねる。勉強しなかったのか、覚えていないのか、もう一日あれば答えられそうなのか？

返事は単純明快だ。「一分だって悩みたくないんです。誰だって悩むのはもう嫌なんです、先生、まだわかってないんですか？」

つきつめてみればこれは、ミラノで四人の高校生にギリシャ語の宿題を回避するために学校を水浸しにさせたものと同じ思いに違いない。彼らは悩みたくなかったのだ。これこそぼくらの文明の核心的真実であり、かつてそれを輝かせたものが、今はそれをこれほど脆《もろ》くしている。

自然の過酷さに対して、人間たちの暴力性に対して、罪悪感に対しそしてあらゆる苦痛に対して、ぼくらの文明は幾多の解決策を見出してきた。ぼくらの父たちや兄たちは麻酔を、社会国家を、余暇を、離婚と中絶を、医薬を、映画とテレビを、老人ホームと休暇を、バールとサッカーリーグを、世俗主義と楽しむ権利を考え出した。そして世界はよくなり、多くの無用な苦痛は打ち砕かれた。ぼくらは長いあいだ、よりしあわせな暮らし、ほとんどとげのないバラという夢がほぼ実現された時を味わった。当然ながら悩みがすっかり撲滅されることはあり得ず、社会権力は居座り続け、いつか死は訪れ、いずれにせよ人生は厳しいのだ。そして何よりも、ひとりひとりが自分の存在をかたちにするために必要な労苦を消すことはできない。誰もが追うべき運命の存在を知っていて、それは努力を、すなわち悩みをも要する。これを絞らなければ、ぼくらのオレンジからは一滴の果汁も出てこない。要するに、ぼくらはいわれもなく苦しまずにすむ社会モデルを築き上げた。ぼくらはただ、自分の力を最大限に発揮してしあわせになろうとすればいいわけで、それも恐らく可能なのだ。

今、このモデルは、最初に設定されたものと同じ根拠で揺らいでいる。件《くだん》の女生徒が言い放ったように、ぼくらは悩みたくない、一瞬たりとも、自分の力を試すためですら。またしても時の前衛、子どもたちからぼくらにもっとも鮮烈な、問題の核心について改めて考えることを余儀なくさせるメッセージが届く。困難に耐え、小さな上り坂を前にしてエネルギーを蓄え、わずかな努力によってでも自分たちにもう少し何かを期待するぼくらの能力は、もはや底を突きつつあるのだ。ぼくらは鬱から引き出してくれたり、不安を抑えてくれる錠剤の力で前に進み、無力感を抱かずにいられるように酒を飲み、毎日目標を下げ、あらゆる対決から、自分の人生や自分の夢と向きあうことからさえ身を引いている。一切このままでいい、たとえ良くなかろうが目をそらせば、気を紛らわし、考えないようにし、避ければいいだけだ。どうせ手の届く枝についている房などないし、酸っぱくないブドウなどありはしないのだ。魂を広げ、多くの異なる生を迎え入れさせることのできる感情、憂鬱すら、ぼくらの王道モデルからは除外される。

　こうしてこの文明は幾多の戦闘を戦い抜き、あらゆる苦痛を制してきた今、衰退しつつある。いかに高邁な幻想も今や誰も望まない苦労を要する以上、即、破棄される。教室での簡単な質問やちょっとした課題ですら、至上の快楽主義の名のもとに、拒否によって均《なら》されるべき道なき頂《いただき》と化す。ぼくらの父親たちは悩みにビンタを喰らわしてきた、が、ぼくらは今日、黙っておとなしく、手をこまねいていようとし、太って怠けて、痛みなくして不機嫌で、多くの幸運に恵まれてうんざりしている。ぼくらは弱くなり、悩みはそれに気づき、築き上げられてきた良きことごとを、姿を変えて脅かす。空虚で、小さく、無防備で、不幸にも満足したぼくらに目をつけ、破滅へ追いこむべく手ぐすね引いている。

卒業試験に三人の校外試験官がやって来た

三人の校外試験官の存在は、卒業試験を決定的により厳しく、狭き門にしている。以前は、ざっくり言えば、身内で洗う汚れものの原理が働いていた。受験者は無様にあがき、試験の糸に無知の黒真珠を通し、少しでも手強い問題の前では黙りこくり、それでも結局は顔なじみの教師たちだ、審判を下すまで一年、場合によっては三年、あるいは五年ものあいだ面倒を見てきたのである。「ミケーレの出来が悪かったのはたしかですが、けれどもクラスをまとめるためにこの子がどれだけ大事な存在だったか、思い出すべきです。それに一一月に起こしたバイク事故や、二年前に両親が別れたことや、彼女に痛い目にあわされたこと、そう、三年B組のチンツィアです、いつだったかトマッソーニといちゃついて、そんなことも忘れろと?」。要するに教師たちは気心知れた、話のわかる伯父伯母のようなもので、最終的には何とか、人間的要因の名において六〇点（*1）が引き出されていたのだ。一年間ずっとありとあらゆる面倒でも起こしていないかぎり、ばっさり切り棄てられることはなかった。今は話が違う。三人の校外の先生たちは受験者について何も知らず、もとよりあらゆる個人的な事情を踏まえておきたいという興味もさほどない。過去に実施された試験の美術史の教師を思い出すが、ひとの良さげな顔に、穏やかで温かみのある物腰が試験委員会の前に座った学生たちを安心させていた。が、彼は子どもたちの個人的な事情には無関心で、お母さんが入院中だったり、一月に腕を折ったことなどどうでも良かった。「われわれは受験者の学力を評価するためだけにここにいるのです、どうか、情に流されるのはよしましょう」。こうして退けられた者はじつに五人に及んだ。五人の落ちこぼれである、たしかにそのとおりだ。初日以降は、校内メンバーも事故や学生たちの隠れた美点のリストを手離し、全員が原点に立ち返った。つまり、試験はより手厳しいものになり、しっかりと勉強して臨まなければならなくなったのだ、校内メンバーの温情に訴えることなく。そしてこれは学生たちにとって、いや、少なくとも劣等生たちにとって悪い知らせだ。

いずれにせよ、親愛なる生徒諸君、この一〇日間は家に籠《こも》り、本を開いて夜更かしし、最善を尽くすように、というのも卒業試験で晒した恥はこの先の人生で、多くの夜な夜なにくり返される悪夢となって君らを悩ますことになりかねないから。

＊1　卒業試験合格点の最低ライン。

追試復活論

今日ではどのような見直しも、ましてや、どのような過去への回帰も即、反動的選択、改革や進歩に対する恐るべき放棄と見なされがちだ。だが時には率直になり、正直になって、ある種の問題の考え方や対策が今のままではまったく機能していないことを認識し、怖れずにそう言い、以前のほうが良かったのかもしれないと認める必要がある。

追試に関して言えば、どれかの科目で落第点がついた生徒に借金の消滅を保証するための九月の補講と、その後の何らかの口頭試問を設定するという改革のおかげで、とくに検討されることもなく廃止された。そのほうがあらゆる点でより人間的で、あらゆる点でより柔軟だ、が、あらゆる点でかなり無意味である。六月の通知表で翌年、返済すべき借金を二、三、最悪四つ宣告された子どもたちは飛び上がって喜び、しめしめ、これでもう同じ学年で足止めされるリスクはなくなったと気づくのだ。ゲームは続けられ、アヒルの子は前に進み、借金はいずれ何ら問題なく消滅するのである。

教育相は、借金制度の文化的不成功を前にして――われらが父が教え給うように、元どおりにして許すべく——大いに呪われた追試の再開を想定していて、この航路変更に関しては個人的にはかなり賛成だと言わざるを得ない。問題はわかる。待ち焦がれていたのにいきなりふいになり、あるいはまったく違うかたちで計画し直さなければならなくなる夏休み、急に海や山のペンションをキャンセルしたり、もしくはお金を払って子どもたちに必要な家庭教師をお願いすることになる先生たちがバカンスを過ごす場所で宿泊先を探さなければならなくなる家族。多くの懸念、多くの面倒、しかも多大な出費。どうにか切り抜けられればと祈っていたのに、あにはからんや午後二時に、うだるような暑さの中、自分以外の者たちの楽しみとは別のうっすらと暗い小部屋で、ラテン語の語形変化系列や、中世史の数章や、タッソやアリオスト(＊1)の詩学を復習しなければならない状況にあるという学生たちの腹立たしさもわかる。たしかに苦痛だろう。冷酷な宣告だ。けれども何かを学ぶのが目的だとすれば、借金制度という解決策が優っているとは思えない。〝九月の科目(＊2)〟に、過去に戻るほうがいい。

煩悶し、何かをあきらめ、よりによって五点(＊3)をつけて教え子が担当科目をより深く勉強するように求めた先生に夏のあいだじゅう呪いの言葉を吐くことになるだろう。リュックの中に放ってあったり、ベッドの下に投げこまれていた教科書をもう一度手にとり、今度こそ読みこみ、下線を引き、理解しなくてはならなくなるだろう。災難は災難だが、今日猛威を振るういい加減で過保護な精神風土から抜け出すには必要不可欠だ。

物事を本当に理解するのは簡単ではなく、努力を要し、一一月と一月と四月に何の結果も出せなければ、悔しい八月だって必要になるのだ。そして、追試への尻ごみが学生たちに、手遅れになる前にどうにかしようという気にさせるかもしれない。要するに、ちょっと考えてみようではないか、たとえ標的を調整するにしても、まごうことなき結論から出発するのだ。今の状況はお笑い沙汰だ。もっともお笑いはこの時代の宗教で、あらゆる努力はゴキゲンな気分への侮辱とされるのだが。

＊1　トルクァート・タッソ（一五四四～一五九五）、ルドヴィコ・アリオスト（一四七四～一五三三）。ともにルネサンス期の叙事詩人。

＊2　追試科目を指す。

＊3　各科目の学期ごとの採点は一〇点満点で六点以上が及第点になる。

欲望について、哲人生徒かく語りき

学校では多くの言葉が跡形なく飛んでゆく。先生が話をしていても子どもたちはハエを眺めていたり、議論のテーマを投げかけてみても二、三の気乗りしない受け答えを経て立ち消えてしまう。

けれども時に燦然と輝く日に出くわすことがあり、言葉はその重みを感じさせて学生たちや先生の胸に深い痕跡を残し、後者には驚異的な直感を見せつける。そんなある日のこと、教室では欲望や、消費主義や、危険な無気力といった、頻繁に話題に上るものの解決策が見当たらないテーマについて話されていた。ところが今回は髪はくしゃくしゃで神経質な少年マノーロが、ものの三分できわめて明解な分析、それぞれの論点をひとつずつ開いては閉じるという分析を展開してみせたのだ。

「先生たちはみんな、欲望はぼくたちをだめにし、えんえんと悶《もだ》え、依存させ、思考力を麻痺させる状態に追いやると言います。欲望はぼくたちが放牧中のヒツジみたいになるショッピングモールへ向かわせ、ぼくたちは携帯や、ブランドものの靴や、一〇〇ユーロもするニットの前でよだれをたらし、そうしているあいだにもオオカミがぼくたちの人生にむしゃぶりついていることに気づかずにいます。先生たちはレオパルディやショーペンハウアーの話をして、見せかけの満足を追いかけて時間やエネルギーをむだにしないように、そんなものは現実にはぼくたちをどんどん貧しくするばかりなのだからと、言い続けています。教室では消費主義を糾弾する作家や、神父や、哲学者の文章を読まされます。何もかもそのとおりなんでしょう、たぶん、何のほころびもなく論じられています。でもぼくは疑問に思うんです。どうしてそういうありがたい言葉は何の効果も生まないのだろう？　単純なことです。何の効果も生まないのは、西洋世界全体が欲望の興奮の上に成り立っているからで、突然、聖フランチェスコが台頭してきたりしたら、この世は終わりです。先生は、通りで街の人たちが手に封筒を持った男に感謝しているコマーシャルを覚えてますか？　彼が何かを買ったから礼を言ってるんですけど、それは何でもよくて、たぶんたいしたものじゃなくて、でも経済を動かし、富を生み、雇用を増やし、でなければ少なくとも減らさないようにしてるんです。それこそ偽善です。大知識人たちはそろって、ひっきりなしに持ちかけられるくだらないものを追いかけて人生を棒に振ることなく満足しなければならない、とくり返し言いますが、西洋は結局、狂騒や、貪欲さや、狂おしい欲望の上に成り立っているんです。ぼくたちの想像力の一切は、誘惑するために、消費が許されるかぎり存在する共同体の一員であると感じさせるために巧妙に作りあげられているんです。車輪はまわり、それは絶対に止めるわけにはいかないし、ブレーキすらかけられないんです。権力の座にある大人たちは国内の妄想力を操り、都合のいい方向に駆り立てていきます。国内総生産は増えなければならないし、消費の再活性化のために給与は上がらなければならないし、産業界はオーナーに儲けさせるために収益を高めなければならないけれど、それは労働者から職を奪わないためでもある。悪魔の欲望がなければ西洋は崩壊するんです。広告代理店や、クリエイターや、マーケティングのプロや、下着姿のきれいな女の子や、政治家や、テレビ、何もかもがありったけの勢いで欲望の帆に息を吹きかけるのですが、それもそこからお金や満足感がもたらされるからなのです。もしかするとそのうちみんなおかしくなって、行き詰まったり、借金したり、若者たちは混乱したり、悪癖に染まったりして、どんどん弱くなっていくのかもしれませんが、どうしようもありません、欲望が押し出さなければ水は溢れ出てこないのです。欲望が止まれば、何もかも止まってしまいます。それから、世界の外側に切り離されていて、ろくすっぽ使うお金もないからどんどん見棄てられていく先生方がやって来て、ぼくたちにこういう無意味なごたくを並べるんです。欲望は抑鬱や犯罪を引き起こすとか、人びとを孤立させ、対立させるとか、個人主義的で退行的なわれもわれもを生み出すと言い、厳しさや、勉強や、犠牲についてお説教をしますが、誰も耳を貸そうとしません。ぼくたちはごめんです、まだ若いし、楽しみたいんです、けれども本当に価値ある大人たちも先生方の話なんか聞いていません。そういう人たちはこのサーカス小屋のしくみを先生方の何百倍も心得ているんです。ぼくたちの欲望が一分ごとに支えているからこそ機能しているわけで、でなければ崩れ落ちてしまいます。さいわい今は文化は無意味ですが、仮に本当に奥深く普通の人たちに浸透していたりしたら、むしろ有害で、ぼくたちを乗せている車やバスを停めてしまうはずで、そんなことが起こってはいけないのです」

ぼくは唖然とした。学校が築きあげようとしているイメージは、空母を前にした小さなゴンドラなのだ。それはなぎ倒すべき、いや、むしろ無視すべき邪魔物である。通常の社会教育は、唯一の明解な指標を掲げている。消費してはじめて人は存在し、ぼくらの誰もが消費してこそ国は前進し、それ以外はただの無意識的に反社会的な、むだなおしゃべりなのだ。

ほかの子たちは哲人同級生を黙って見つめていたが、そのうちひとりが口を開いた。「何言ってんのかほとんどわかんなかったけど、でも、ホントにそのまんまな気がします」

校外ドーピングテスト？

校外ドーピングテストというアイデアは、まるでアルタン(＊1)の一コマ漫画のギャグのようだが、あるいはそれこそまさに大臣の狙いだったのかもしれない──若者たちと麻薬という限りなく複雑な問題をインパクトあるひと言に凝縮する、という。とはいえそれは実現可能な解決法ではないし、おそらく逆説的に問題の本質を捉えてもいない。高速道路の料金所や、クラブの出口や、スタジアムのバックスタンド下で風船やらその手の何かを膨らませるのはいいとしても、どうか学校には手を出さないで欲しい、これ以上もの笑いのたねにするのはよそうではないか。学校が栄えある日々を送っていないことは、ぼくらも重々承知している。鬱々として一ユーロの手持ちもない多くの先生たち、レモンよろしく絞りつくそうとする消費主義のサブカルチャーの重圧でもうろうとした大多数の生徒たち、世代間の多大な断絶、国からのとぼしい投資、全般的な無気力なら目につくが、麻薬のやり過ぎで机にばったり倒れこんだり、廊下をゾンビさながらうろつく子たちは見当たらない。

無論、コカインはこの国の新手の懸念事項であり、あらゆる年代とあらゆる社会層のあまりにも多くの人間たちが毎日の時間を意義あるものにするためにもっとまともな何かを見つけられずにいたとしても、ぼくらの学校がわびしいプレゼピオ(＊2)のように致命的な白い粉をまぶされているとは考えがたい。一六歳の子たちが学校のトイレの便器にかがみこんで鼻から思いきりコカインを吸い上げている様子を思い描くのは、ただの見当違いである。

ヘビー・ドラッグはそれとは別の場所にあり、それはストレス過多の職業人《プロフェッショナル》たちや、不機嫌な商人たちのもとや、そして何よりも――ここが新展開なのだが――見放された郊外地区にある。手頃な値段で二〇分のあいだ気分を高揚させてくれるのだ。自分が無価値だと感じている者を大物に感じさせる。途方に暮れた者を癒すふりをするわけだが、郊外には途方に暮れた者はいくらでもいるのだ。けれどもぼくらの学校に通う少年少女たちは違う。ハッシシは出回っていて、それは間違いないとはいえ三〇年前からのことで、いわば大人になるための通過儀礼で、自由の要求なのだ。それでもコークは彼らとは別の世界に残されたままである。

それ以上に学校をやめた多くの、あまりにも多くの子たちのほうが大きな危険を冒し、便器の蓋に顔を寄せて満足感を得ようとし、新たなルンペンプロレタリアートと新たな麻薬中毒者の列を増大させつつある。

学生たちはこうした同年代の迷子たちを蔑《さげす》みや憐れみの目で見つめる。毎朝学校にやって来る彼らにとって危険はほかにある。勉強が足りなかったり、まったくしなかったりして幻想を抱けなくなること、テレビに大きく映し出される夢に時間とエネルギーを奪われること、将来への展望を見失って一〇年後に仕事も家もないまま、クズの友だちにこう言われることだ。お前ももうすぐ三〇にもなろうってのにまだ何もしちゃいないんだ、まあいいじゃないか、きゅっと一発やれよ、それですべては丸く収まるさ。

＊1　フランチェスコ・トゥリオ・アルタン（一九四二〜）。痛烈な社会風刺で名だたる漫画家。ゾウのような鼻を持つ人物のいる独特の画風ととぼけたニュアンスが天才的な一コマ漫画や長篇もの、そして子ども向けの大ヒット作『ピンパ』まで、類い稀な魅力と才能を惜しみなく披露している。

＊2　キリスト生誕の様子をジオラマ化したもの。クリスマスの時期に教会や家に飾られる。

子どもたちと麻薬

確実なのは、郊外の道でも、特権階級のこじゃれた地区でも、子どもたちのあいだで相当量の麻薬が行き交っているということだ。四〇〇件中、じつに三二〇件の陽性反応という穏やかならざる報告が、まさにパリオリ（＊1）の中心にある分析センターからもたらされている。えてして若者文化ははめを外すのを存在理由とし、それは明らかにただ陰気で味気なく思われている現実の谷からはるかに飛び出すことのできるジェットコースターなのだ。

けれどもぼくらの危惧を際限なく増長させるのはよそう、気むずかし屋のオウムのように何もかも最低だ、若者たちは骨なしだ、ここはもう底なしのドロ沼だなどとくり返すのはやめよう。黙示録《アポカリプス》のラッパに息を吹き込むのはやめよう。いかにも知ったような顔で首を振りながら、これは考えうるかぎり最悪の世界だなどと決めつけるのはよそう。

一三歳から一七歳の大多数の子どもたちは麻薬は身の破滅であると、しかと心に刻み込んでいて、絶対に一筋のコカインに鼻孔を近づけようとはしないし、覚せい剤やら何やらでラリったりしようともしない。イタリアは、自由な時間をプールやサッカー場や、ギターを弾いたり、映画館で過ごす子どもたちであふれているのだ。何もかも失われてしまったなどという考えを広めるのはやめよう、まったく、ゲームはまだこれから臨むところなのだ。

若者たちを一瞬ごとに不安の荒波が襲っているのは事実だし、ごく小さい頃から彼らはテレビや広告にどっぷりと享楽に耽《ふけ》るように、どのひとときからもあらんかぎりの快楽を絞り出すようにとせかされ続けている。こうして一番無自覚な者たちは欲しがり、期待し、永遠の満足を求め、そこからバイクのミラーの上や、クラブのトイレの中のコークまでの道のりは、残念ながら短い。

見せかけの期待やフラストレーションを生み出しているのは全生態系なのだ。が、多くの子どもたちはしっかりと目を醒ましていて、すぐに近道が存在しないことを、道は長く、苦しいことを、満足とはひとりひとりが勝ちとることができるものからしか出てこないことをすぐに学びとる。

＊1　ローマ市内北部の高級住宅街。

母親は生きていた？

学校は無尽蔵の物語の宝庫だ。日々、先生は新たなページが書き加えられ、熟読を要する説話の生きたアンソロジーに立ち会う。それは『千一夜物語』であり『デカメロン』であり、おとぎ話でありネオレアリズモであり、モッチャ(*1)でありブコウスキーであり、ダダでありトンデッリ(*2)なのだ。ぼくは、たとえばあるピランデッロ(*3)的ケースを驚愕のまなざしで見守ったことがある。

カテリーナは成績は振るわずとも感受性豊かな生徒だったが、母親を亡くした。数年前に父親を亡くしていて、この新たな喪は彼女を絶望の淵に追いやった。ぼくら先生たちは多額の募金のために財布を手にとった、カテリーナは経済的にも大きな困難に直面していたからだ。ぼくらの誰もが彼女のそばにいて、泣き崩れ、やり場のない怒りに震える彼女に肩を貸した。

ところが、しばらくするとクラスメートの女子がつぶやきはじめるようになった、でも、死んだ人のわりにはそんなに具合悪そうじゃなかった、あたりをふらふら歩きまわっていたくらいだから、と。

この先は『羅生門』と化し、相反しながらそれぞれ信憑性に足る数々の証言が出てくる。親なき子はこんな時にさんざん泥を投げつけるなんてひどいと叫んだ、ママは死んじゃって、超死んじゃっていて、生きているのは伯母さんで、母親の双子のお姉さんなのに、と。

学校側は念のため女の子の家に二度ほど確認の電話をした。するとたしかに母親が電話に出て、それも棺桶からではなかったのだ。それでも女生徒は一ミリたりとも譲らなかった、伯母はそういう人なのだ、ママが死んだ今、彼女がすっかりそのままその場所に収まったのだ、と言いはって。

とどのつまり、鏡の迷宮、仮定の渦、真実と偽りの混淆《こんこう》である。

最終的に女の子は学校を退学し、母親が生きているか死んでいるか、誰にもわからなくなった。

そうこうしているうちにまた別の話が持ちあがった。教え子のミランダに子どもができて、ただ、産みたいのか産みたくないのか彼女にもわからず、一分ごとに笑っては泣いている。

＊1　フェデリコ・モッチャ（一九六三〜）。一〇代の若者に人気のラブ・ストーリー作家、映画監督。

＊2　ピエル・ヴィットリオ・トンデッリ（一九五五〜一九九一）。とりわけ八〇年代の若者に大きな影響を与えたカリスマティックな作家。

＊3　ルイジ・ピランデッロ（一八六七〜一九三六）。信じがたい物語を多々編み出した劇作家、小説家。『カオス・シチリア物語』をはじめ、多くの作品が映画化されている。

成績会議のステージにて

一学期の成績会議は見ごたえのある舞台で、六月の成績会議——失われた、あるいはさまよえる魂と、ほっと胸を撫でおろした魂との痛ましい選別をともなう真の最後の審判——ほど完成されてはいなくとも、すでにもう、秀逸な伏線や、プロットや、モノローグにあふれている。教師たちは仮の成績表に採点を書き込み、まさにオペラ・ブッファのステージと見まごう教室にばらばらに座り、かたや校長——いや、今は学校経営者《ディリジェンテ・スコラスティコ》というのだ——は、おびただしい数の数字を見較べ、深刻なケースを選り分け、説明を求める。そしてここで何人かの、毎年変わりばえせず、年々卑屈さを増すセリフをくり返す教師たちのぼやきがはじまるのである。

かならず登場するのは全員に三点か四点をくれてやった神経質な先生で、彼は新世代の文化的零落や、努力と注意力の完全なる欠乏を嘆き、間近に迫った世界の終わりを垣間見る。成績会議の小劇場に欠かせないもうひとりの人物といえば憐れみ深い女性教師だが、彼女は皆に七点か八点をつけて、子どもたちの人間性を支持し、たしかに無知で、散漫で何の関心もないけれど、根は優しい子たちで主の創造物なのだ。

それからごたごたを嫌い、六点か、いつでも六点に変われる五点ばかりを出したお疲れさまの教師がいる。数年前に彼の採点が再調査とたび重なる審議の対象となり、今はそつなく過ごしているのだ。

だが、評点を縦横無尽に使いこなす者もいて、こちらは能力主義を信じ、優秀なる者が世界をリードしてゆくことを望んでいるのだ。こうして九点や一〇点か一点や二点がつけられ、はっきりと差が感じられるようになされる。

かくして誰もクラスのことなどろくに話しもせず、自分自身のことについて大いに語って終わる。数字は自画像の筆さばきであり、忠実な鏡の光と影なのだ。

少年ファシストと左翼の子

〃二度と反ファシズムなど許すものか！〃「学生闘争」《ロッタ・ストゥデンテスカ》がこの街の壁に貼った黒いポスターにはそう書かれていて、それは自分たちのルーツと、ぴくぴくと手首の血管を震わせる政治的意志のあからさまな宣言である。

彼らは「新たな力」と「三色の炎」によって組織された極右の若い子たちであり、とりわけ郊外の学校で支持を得続ける一方で、さまざまな教育機関の生徒会組織の中に華々しく選出された代表を送りこんでいる。少なく見積もっても三〇年間は左翼がありとあらゆる形態と変遷を経て学生の共感を勝ち得たあと、今日の傾向はうって変わり、正反対ですらあるようだ。

もうかなり前から〃左翼の〃若い子に出会うことがますます少なくなってきたことには気づいていた。いたとすれば一匹狼で、ほかの子たちや、この時代や、社会参加の考え方と共鳴しかねている美しき魂だった。数少ない左翼の学生たちの多くは社会センター《チェントロ・ソチャーレ》（＊1）の群島に惹かれていて、ここで音楽を楽しみ、体制にアナーキーに抵抗し、人生からよりすぐられたものを分かちあい、戦争を拒否するために一緒に過ごすが、校内選挙に向けて候補者リストを作成するために集まることは、まずもってない。それはウザくて、地味で、ぱっとしなくて、無駄な時間としか思われていないのだ。

結局のところ左翼の学生は高級志向の快楽主義者であり、いい音楽を聴き、ひととは違うビールを飲み、時たまハッシシを吸い、アメリカの帝国主義を批判しようという輩《やから》なのだ。生徒会なんぞで午後の時間を棒に振ろうなんてこれっぽっちも思っていないのである。右翼の学生は大違いで、〝共同体〟だの、〝革命〟だの、〝アイデンティティ〟だの血気盛んな言葉を掲げて、それらはもうずいぶん前から同調者を呼びこんで、組織作りをはじめている。こうして学校や、スタジアムのバックスタンドや、郊外の小さな広場はスキンヘッドで、黒い革ジャンでどこか陰気な雰囲気の若い子たちであふれ、いつでも衝突もするし、自分たちの教育機関の民主メカニズムに入り込もうとしている。これらすべてのエモーショナルな基盤は本質的に、侵入者であり、仕事泥棒であり、祖国の精神と肉体を汚す者と見なされるEU圏外国人の拒否にある。

要するにこういうことだ。学校において左翼はばらばらか、心ここにあらずか、でなければあまりにも悠長で、そして、若きファシストたちの一団は日増しに増える一方で、そんな彼らはファシスト政権下の二〇年が何を意味したかも、人種法についても、社会共和国についてもまったく知らず、弱々しく、散らかるばかりの世界の中で力と連帯意識を感じているのだ。

＊1　主に左翼の若者が運営するチェントロ・ソチャーレは、もともと使われていない建物を不法占拠して集会の場としたことからはじまった。カフェやレストランがあり、様々なイベントが行われるカウンターカルチャーの場となっている。

卒業試験はどこへ向かう

日程と担当日を決め、文字で埋めるべき紙の山と格闘しはじめるための試験委員会の最初の会合。学校の外の歩道には、夜のあいだに教え子のひとりが書いたスプレー文字。〝ただ君にあげるために月まで歩いてって一番きらめく星をこの両手にとってきちゃうぞ、ジプシーちゃん!! 君のマルコ!!〟。いささか、天文学上と文法上の混乱は認められるが、何とも心がなごむ。

一方、校内ではこの新しい試験がいったいどんなものになるのか理解しようとしていて、全体的に以前よりいくぶん冷やかな様子だ。去年までの委員会はクラスの担当教員たちのみで構成され、これを校外の委員長がまとめていて、間違いなくもっと打ち解けた雰囲気だった。みんな数年来のつきあいで、ぼくらのニワトリたちがどんな様子かもわかっていたし、日々はつつがなく、陽気なくらいのかたちで進んでいった。試験はともに過ごす長い期間で、ようやくいつもとは違う言葉を交わしあい、もっと親しくなり、学校生活だけでなく個人的な事情についても話しあうことができたのである。何時間も一緒に集中して分かちあい、同僚という以上に良き仲間たちとして面倒や問題を共有し、それからお菓子や果物も一緒に食べたりする。毎朝、誰かが差し入れを持ってやって来るのだ。

今ではいろいろなことが変わり、格段にシビアになった。教え子たちは半数が外部メンバーで、見たこともなければ、当然ながら彼らの人生などまったく意に介さない教師たちからなる委員会と対峙しなければならない。ここではただ、どれだけ勉強したかの勝負で、情状酌量の余地などあってはならないのだ。委員会の一員となったクラスの担当教師たちも今回はいくらか心もとなさそうである。少なくともぼくはそうだ。大失態になりかねない、そう、率直に言おう。ぼくらの生徒たちがだんまりを決めこんだり、べらべらと途方もない長話をはじめたり、耳をふさぎたくなるようなへ理屈をこねたりするかもしれないのだ。そうなるとつらいのは彼らばかりではなく、一年間勉強させてきたぼくらも同じだ。校外委員はそこで黙って耳を傾けながら、こう思う。いったいこの男は彼に何を教えたのだろうか、どういう料簡《りょうけん》でまあまあないしなかなかの成績をつけて寄こしたのだろう？

以前はわが家で洗う汚れものだったのだが、今や広場でする洗濯で、しみやほころびは隠しようがない。たしかに子どもたちはレジュメを用意してきているから、少なくとも一五分はそれなりに持ちこたえるはずだが、でも、そのあとは？　話をするのも、きちんと説明するのも、筋道を立てるのもあんなに苦手なのに。きっとぶるぶる震えるだろうし、ぼくらもぶるぶる震えるだろう。でも今はまだ、書類を整理するだけの話だ。ぼくは事務長に抜擢されたが、これが生易しい役割ではない。「問題ないさ、貝さえあれば大丈夫だ」。けれども、その貝とは何なのか？　鎧の胸当てか、神話の盾か、はたまた運命の蹴りをこらえるための局部保護サポーターか？　とんでもない、成績や評価を一番楽に登録することができるはずのコンピュータのプログラムなのだ。わが校の情報学エキスパートが説明してくれる。「コンピュータを立ち上げて、パスワードを入れ、プログラムを開き、別のパスワードを入れて、それからこのデータ入力欄に教師と生徒全員の苗字と名前を書き込むと次のウィンドウが開くから、そうしたら……いや、君は紙とペンにしておけ、そのほうがいいと思うよ」

一五日間ないし二〇日間の修練の日々になることだろう。高鳴る胸、萎縮、形式主義、狼狽。それでも最終的には、これまでもずっとそうだったように、良き時間となるはずだ。ぼくらがこの目で成長する姿を見守った、可愛い子どもたちと過ごす最後の二週間なのだ。そしてそれはまた、ほかの先生たち、そのうちの何人かは友だちでほかは見知らぬ者たちと肩を並べて、自分たちの学校がどんな状態なのか、いくつもの嵐を乗り越えて今年も港までたどり着けるかどうか、理解するための二週間なのである。

学校占拠と学生自治

占拠……キョ……キョ……、学生自治……ジチ……ジチ……ジチ……。かつて大人になろうと急いだ子どもたちが力をこめて発音した言葉の残響は、今の学校には日に日に弱々しくなって届く。

二〇年にわたって占拠と学生自治は何かを意味してきて、ことによるとそれは混乱した何かだったかもしれないが、それでもその混乱の中にはどうしようもない必要性があった。教室に持ちこんだ寝袋、廊下の横断幕、何でも読み、何でも聴いていた一七歳の子たちによる国際政治や新しい音楽の流れについての講義。

一日たりともストライキなんかなかった神父たちの学校に通っていたぼくは、自分たちの学校の中に一週間のあいだ独立共和国を、でたらめで詩的なユートピアを建国していた同年代の公立の子たちを羨望のまなざしで眺めていた。

今日、もう一度このアイデアを打ち出そうとする学生がいる。占拠しようぜ、学生自治だよ。ほかの子たちは頭おかしいんじゃないかという目で見ながらも、授業と口頭試問がなくなる可能性には心惹かれている。「だけど何のために抗議するんだ?」、一番無邪気で純な子が訊ねる。もっと熱くなる暖房とか、トイレの新しいドアとか、九月の新しい試験に反対するのもありだ。純然たる実用主義《プラグマティズム》である。何も悪いことではない、それはそれでいいのだが、だとしても新たな人生へのイデオロジカルな推進力は、いまやすっかり消えかけている。

何はともあれこのままの世界は断然、気に入っているわけで、要は最前列の席を、VIP席を見つけられればいいだけの話なのだ。時として学生自治の幕が上がる。ラテン・アメリカ・ダンス講座、学校のテレビでもう一度観るクリスマス映画、性についてわかったことを語ろうとする者。そしてしばしば、こうべを垂れた二、三人の子たちが七七年世代の老先生のもとにやって来て、ピンク・フロイドとドアーズについてちゃんと解説してくれないかとか、みんなのために何か一冊、いい本を読んでくれないかとか頼む。センセーは渋い顔をしてみせ、それから了承し、自分のレコードと本を持ってゆき、すると何だか白髪が減ったような、まだ主役を張れそうな気すらするのだ。

求む、ささやかな変革

若者たちには不満を抱く権利と義務があって、現実を満喫し、満ち足りている彼らの姿が目についたとすれば由々しきことで、それは社会が生命と進歩を生み出すあの革新の力を失くしたことを意味し、致命的な壊死《えし》の兆候と捉えるべきだ。時に批判的ひらめきは一見、さほど重要とは思えない一点をめぐってほぼ偶発的に生まれることがあるが、ところがそれは心を燃えあがらせられる火花なのだ。バスの席についての、囚人服についての、ひと切れの傷んだ肉についての、お茶にかけられる税金についての本能的な抗議が、人びとの意識を目覚めさせ、歴史の急展開を呼び寄せたのだ。空気の中には何かがあって、ほんのちょっとのことでひとつの世代や、抑圧されたマイノリティや、国民全体を立ちあがらせるのである。

とはいうものの、若者たちが世界のありようを変えようとする生理学的かつ当然の願望を、彼らが持って生まれた理想主義を、正義や、真実や、ユートピアに向かおうとする気高い推進力を認めたうえで、あるローマの高校で起きた抗議運動を前にすると、いささか驚かされる。ぼくのかん違いでなければ、ここで問題になっているのは、人として何より重要な、抑えがたい要求や、知識や普遍的な公正さの渇望ではなく、貧困や、無知や、戦争や、強権や、特権と闘っていこうということでもない。この高校の学生たちは学校の時間割のことで揉めはじめたのである。登校時間は八時一〇分ではなく八時二〇分にしたいというのだ。五分のリクリエーションはなくしたくない。授業と授業のあいだの合間の時間に教室に残っていたくないのである。

あるいはぼくが間違っているのだろうか、あるいは世代間の対立が勝手にきっかけや口実を見つけて表出するのかもしれないし、あるいは学生たちが不満をぶつけるために適当に障害物を選んだのかもしれない。だとしても、たった数分、登校時間をくり下げるだけのことで粉塵をまき上げるというのは、正直なところやり過ぎじゃないかという気がする。

社会は恐ろしい音で軋み、国内ではかなり活発な論争が展開され、新たな曙光が差しはじめていて、それは救いの道かもしれないし、新たなオゾンホールかもしれない。目を見開いて前進し、何としても変化に加わるべき時なのだ。抗議し、足を踏み鳴らし、声をあげて自分の意見を言う理由はぼくらみんな、大人たち子どもたちの前にある。つまらない時計なんぞで時間やエネルギーをむだにしている場合じゃない、やるべきことはいくらでもあるのだ。

政治なんか興味ない

端的に言おう。ぼくらの学校の子どもたちは政治に対して興味のかけらもない。めんどうくさくて、理解不能で、彼らの問題や彼らの欲求からはまるでかけ離れていると見なしているのだ。陣営が何なのか、誰が右翼で誰が左翼なのか、そして右翼や左翼が何を意味するのかさえなかなか理解できずにいる。突拍子もない質問に答えなければならないこともままある、そう、たとえば「だけどベルルスコーニってファシストなんですか、それともコミュニスト？」といったように。テレビニュースは月からの書簡だし、政府の危機は説明しても意味のないドタバタだし、子どもたちには通訳が必要な言いまわしの中で堂々めぐりを続ける政治家たちは、どれも同じにしか思えない。というわけで校内選挙が昔ながらの政治理論とは縁もゆかりもない何かとして受けとめられていたとしても、今さら驚くまでもないのだ。

　壊れた暖房のことや、校内販売のミニピザの値上がりや、場合によっては九月の追試の、耐えがたい脅威（！）のことで抗議ののろしを上げる。けれども重大な論議は学校の中になかなか入ってこられない。環境破壊の終末論《アポカリプス》、イラク戦争、グローバリゼーションといった出来事は授業中の課題や、家に持ち帰る宿題にはなっても、本当に子どもたちの関心事の牙城に一石を投じているようには思えない。誰をも巻きこんでいる唯一の問題は移民問題だ。とくに郊外地区では、大多数の人間がありとあらゆるEU圏外国人を怖がっていて、できることならルーマニア人も、中国人も、モロッコ人も、必要以上に良心を痛めず、そもそも彼らの出身地がいったいどこなのかもろくに知らずに、もとの国に送り返してしまいたいくらいなのだ。

　とはいえ、大人たちのような高次元か低次元か、高尚か低俗かといった見方での政治が一六歳の子の空想をよぎりもしないのは実証済みだとしても、彼らなりの陣営が、たとえまったく異なる根拠の上に築かれたものであっても、存在することは認めざるを得ない。左翼の子たちはマルクスやグラムシ(＊1)の読者ではないし、右翼の子たちはジェンティーレ(＊2)やエズラ・パウンドを無視するが、それでも外見的に、人類学的に、実存的に異なっていて、見間違うことはあり得ない。ダニ《ゼッカ》というのはつまり同志《コンパーニョ》(＊3)のことだが、長髪でぼさぼさの頭の子たちで、ベルトにはチェーンがつないであり、ハードロックや怒りのラップを聴き、サルエルパンツを穿いていくらかぼうっとした態で出回っている。一方、ファーショ(＊4)は頭をほぼ一〇〇パーセント刈り上げ、スタジアムのバックスタンドに通い、クラブやジムに行き、テクノを聴いてファッションに敏感な子たちだ。

政治は、いつでも多少混乱して、矛盾する理論づけではなく、自分らしさや、着こなしや、仲間との過ごし方に現れる。捉えようによっては、それは理性や思想ではなく、身体と行動を通じての、自分の領域の誠実な選び方である。こうして校内選挙の投票は二次的な、あまり真剣に考えるべきではないことになる。いずれにせよ当選した者は、一定の言語体系に足を踏み入れ、大人たちに降伏することになる。

真の対決は当然、候補者リストの中の誰をということではなく、日々の生活の上で、音楽や靴、どんな店で遊び、どんなニットを着るかでなされる。政治計画のはるか先を行く世界の生き方に関わっているのだ。子どもたちはものごとや、選択肢や、生活の中にあるエネルギーだけを感じとっているのである。より多大なエネルギーを引き出せる者が勝ち、軟弱で無能な者は負ける。それに結局のところ、ずっとそうだったのだ。ただ、もっとも悲しむべき点は、今日、右翼も左翼もなく、子どもたちの大多数の心を摑んでいる最大のエネルギーの源が、彼らの部屋にあるテレビだということだ。それは原子力発電所であり、魔法のランプであり、豊饒の角《コルヌ・コピアイ》なのである。そこから、時に鉄面皮で、時に腹黒い、本当の政治が現れ出る。それが彼らの世界の礎石なのだ。

＊1　アントニオ・グラムシ（一八九一～一九三七）。政治家、マルクス主義思想家、イタリア共産党生みの親。

＊2　ジョヴァンニ・ジェンティーレ（一八七五～一九四四）。哲学者、政治家、ファシスト政権の閣僚も務める。

＊3　左翼の人間が仲間に対して使う呼称。

＊4　ファシスト。

ビーサンはNG

ここでぼくから一次試験で学校にやって来る学生たちに――これは心しておくべきことだけれど――その半数は彼らのことを知らない、ということはつまり一瞬にして、そして無言のうちにネガティヴな判定を下しかねない教師たちで構成された委員会の前で減点されないために役立つ受験姿勢の十戒を提案したい。

1　ビーサンはくれぐれもNGである。ぺたぺたとサンダルを鳴らし、あの、ゆき過ぎで、海水浴場的な、ざっくばらんの余裕しゃくしゃくで登場するのは、悪印象を与える。やれやれまったく、自分の人生を左右する大舞台に立つためには、それなりの品格が必要なのだ。

2　短パンやバミューダパンツもいけない、フクシアのタンクトップも×、キャップもアウト、〝センセー、だって楽なんです〟という年金生活者風のジャージもよろしくないが、ハイヒールやミニスカートも、項目1と同じ理由でいただけない。

3　論題を読むなり髪に手をつっこんで「終わった、絶対書けっこない、どうしよう?」

と叫ぶのも回避すべきだが、立ち上がって「やった、いけるぞ、ガンガンいってやる、これならお手のもんだ、見てろよ、一〇ページだって書けるぞ」と雄叫びをあげるのも、マイナス評価につながる。

4　ピオ神父(＊1)の写真を粘着テープで机に貼りつけないこと。ぼくは何度となく、この晴れやかな髭面の肖像を前に祈りに没頭している学生を目にしてきた。好印象を与えるものではないし、まったくもって、あまりにも他力本願で天空の神だのみに見える。一〇〇回くらい十字を切りながら教室に入ってくる者もまた、歓迎されない、そう、ピッチに入る時のカンナヴァーロ(＊2)みたいに。かといってナポリの魔除け《コルネット》(＊3)の小角ならOKというわけではない。

5　机の端に彼氏や彼女の写真を貼りつけて、ひっきりなしに悩ましげな、あるいは悲嘆にくれたまなざしを投げかけるのも、情熱的な投げキスを送るのもよくない。愛による万物の救済を祈る姿は、受験者がろくに勉強しなかったのではないかという疑念を生じさせる。

6　論述の解答をブロック体で書かないこと。ほとんどの生徒が筆記体の書き方を忘れてしまっていて、これは困ったことだ、ブロック体は乏しい個性、画一化、精神の怠慢を物語っているからである。

7 「i」の上の点を小さなマルや小さなハートに置き換えないこと、女の子たちがよくやるように。バービー人形をリュックに入れた子どもっぽい女子中学生とかん違いされかねない。「per（～のために）」の代わりに「x」やら、「più（もう、より～）」の代わりに「＋」と書いたりするのは絶対に避けるべし、そしてショートメール式の「k」(＊4)には要注意、激おこぷんぷん丸ものだ！

8 一〇分ごとにトイレに行かせて欲しがらないこと、銛《もり》に刺されたタコよろしく体をくねらせながら再三の許可を引き出そうとしないこと、「じゃあ、じいちゃんのオムツでもしとけってんですか？ だったら、傘立てで用足しときます？」的なギャグをかまさないこと。

9 抽象的で危なっかしすぎて、現実との接点をまるで欠く議論に陥らないこと。論述には経験と考察を、観察と理論をバランスよく入れることが求められる。受験生は自分の時代を自覚的に生きていて、細部を捉え、自分なりの思考によってそれらを何らかのかたちで結びつけられることを証明しなければならない。

10 〝大いに書いた〟ことを示すために、新しい紙面に一行ないし数文字を書いて論述を終えるのも、ぼくならやめておく。さもしい小細工だし、先生というのは往々にして素朴なものだが、そこまでひどくはない。

＊1　一八八七〜一九六八。数々の奇跡を起こしたとされるカプチン修道会の司祭、聖人。イタリアではその肖像がお守り的に使われている情景をよく見かける。

＊2　ファビオ・カンナヴァーロ（一九七三〜）。元イタリア代表の名ディフェンダー。ピッチに入る前に何回も十字を切る癖があった。

＊3　ナポリ名物で赤いトウガラシに見える小さな角。魔除けの効力があるとされてきた。

＊4　イタリア語では本来使わない"k"を"c"の代わりに使うと独特のニュアンスが生まれる。"che"（何）や"chi"（誰）は発音上それぞれ"ke"、"ki"に置き換えられ、文字数の節約にもなる。

「つまり」から「ってことは」へ

のレベルでは、のかぎりでは、であるにもかかわらず、にもとづいて、そして、そうしたことを踏まえて――の世代の人間たち、つまり、あらゆる理屈の重箱の隅をつついて、頭がすっかり禿げるまで髪の毛を一本ずつより分けながら、集会や議論で身を削った者たちはきっと、一八歳の子と話をしなければならなくなった時に苦労するはずだ。かつてのキーワードが議論をどこまでも推し進めてくれるトランポリンの役を担っていた〝つまり〟だったとすれば、今の流行語は〝ってことは〟なのである。いかなる議論もこの副詞からはじめられる。どんなに清らかな詩や、どんなにとりとめのない夢について話す時でも、一八歳児はけたたましい〝ってことは〟とともにとりかかるのだ。

知ってのとおり、言葉は油断ならぬ諜報員であり、ある種の言いまわしのチックは時代精神の多くをつまびらかにする。今日、子どもたちはおぼろげな机上の楼閣をすべからく地に引きずり倒さなければならず、是が非でも具体的な翻訳を見つけ出さなければならない。煙に巻いたり、駄弁を弄《ろう》して悦に入る者は相手にされず、言葉遣いの笛の音だけでへビを惑わせられると思っている人間は、咬まれるしかないだろう。

子どもたちは時間をむだにできず、空疎な言葉に翻弄されないのだ。場合によってはこれは危険で、何でもそのままますぐ使えるコインに変換できるわけではないし、時に思考はゆったりとした弧を描き、空や雲々を抱き、言葉にならず、目に見えないものをかすめてゆく。けれどももちろん、言葉は最終的に人生へと降り立たなければならず、でなければただの耳ざわりな音で終わってしまう。ぼくの生徒たちは、ついおしゃべりに酔いしれかねない、ぼくにはない特質を持っている。観光科の子たちは街を訪れる五〇人の日本人グループのためのバスツアーを企画できる。ファッション科の子たちは何とも大胆不敵な服をデザインして、仕立てられる。グラフィックデザイン科の子たちはどんな文章でもレイアウトし、非の打ちどころのない表紙をつけて提出する。化学科の子たちは古い洗濯機の部品で完璧に使える浄水器を組み立てられる。そしてほとんどの子がバイクやコンピュータを直すことができて、一〇歳の頃から夕食の支度ができて、それに街で迷うことだって、たとえそれがどんなに誰も行ったことのないような地区でも、絶対にないのだ。

彼らにとって人生とは、車輪や、針金や、ホックや、油まみれのエンジンでできていて、自分の手で分解したり組み立てたりできなければならないほこりだらけの機械なのだ。どんな話も取扱説明書でなければならなくて、バブリーなレポートも最終的には配線図を導き出さなければならない。「ってことは、先生、レオパルディが言いたいのは……」、あるいは「ってことできのう、ぼくは遊園地でまあまあ楽しかったし、ってことはマルツィアはぼくのことを愛してて、ぼくも彼女を愛してて……」。それは精神的肥満や、思想的ヒマつぶしや、玄関マットの上で靴や考えをきれいにしようと時間を浪費するような人間の気どりは通れない、狭きドアなのだ。

要するに、宇宙の闇や暗がりを説明して欲しければ五〇代の人間に訊ねればいい、が、ぼくらの生活で何かしら本来のかたちで機能していないものがあったとしても、大丈夫だ。この子たちなら修理して、また動くようにしてくれるから。

レジュメのネタはググれ

レジュメの季節がやって来た!

最終学年の学生たちは身を震わせながら、あるいは果敢に、おそらく拷問台の向こう側の複数の校外試験官の存在のせいで例年より厳しくなっている最後の試験に臨むべく、準備にかかる。

気楽に行けるようなものではないにせよ、最初の一五分の討論の叩き台となるレジュメがしっかりしていれば、いいペースでスタートすることになる。それは学際的なものでなければならず、まるでかけ離れたテーマをそれなりのやり方で結びつけなければならず、調和のとれた有機体の体をなしていなければならない。子どもたちには、どの魚を捕まえて、どうやってひとつの網に滑りこませればいいのか見当がつかないのだ。このメカニズムをつかんだ子はこんなアプローチをする。「たとえば第一次世界大戦からはじめて、歩兵で詩人のウンガレッティ(*1)をつなげて、それから未来派絵画を結びつけます、この連中は世界の唯一の衛生法として戦争を愛していたわけで、哲学についてはは少しニーチェをつけ加えて、混ぜあわせてどんなものになるか見てみよう、というのはどうですか?」。別の子はまったく独自の時空感覚の中で揺れ動く。「ぼくはファシズムから出発して、そこからレオパルディを通って、それからポップ・アートに落としこんで、できればひと言、本当にひと言だけスピノザについて言います、こいつはかなり大事なことがわかってたんで。先生、どうですか、いけます?」

先生たちは円を四角くしようと試みる、たとえ、ほとんど何もかも勝手に転がっていってしまうにせよ。ナシとリンゴ、キャベツとおやつ、戦争と平和、あらゆるものが自由意志で渾然となる。いかんせん学生にとっては、要はちょこっとグーグル検索に名前を入れて、ぽんとキーを叩いて、一瞬待って、適当に選んだ文章をプリントアウトして、そんなものを三〇ページばかり括って、あとは一か八か、ってなものだ。結局のところ、こうしたレジュメは人生に似ている、何でも無意味にくっつけられ、すべてが奇跡的につばで持ちこたえているのだ。

＊1　ジュゼッペ・ウンガレッティ(一八八八～一九七〇)。二〇世紀最大の詩人のひとり。

むずかしいイタリア語

若者の世界について考えてみる時はつねに、一刀両断しすぎないように気をつけなければならない。ここ数年になってはじめてぼくは、鋲《スタッズ》を打ちまくったパンク生徒や、ラジオすら聴けない清らかな伝道者や、世界をこっぱみじんにするのも厭《いと》わないナチ・ウルトラスや、エホバの証人や、猛り狂ったヤンキー、熱心な図書館利用者、夢うつつもしくは頭の冴えきった子たちというように、ありとあらゆるタイプとその正反対のタイプを受け持つようになった。こんなギザギザだらけの多様性をたったひとつの説明が記された四角い箱に押しこめてしまうのは、不当というものだ。ただ、ひとつだけたしかなことがある。ぼくが出会ったほとんどの学生は、イタリア語を書くのがおそろしく苦手なのだ。あふれ出る考えや、感情や、嫌悪や、不安のざわめきが単純明快な言葉に翻訳されることは、まずあり得ない。ペンを手にして書きはじめる五分前までぼくは、彼らが生き生きと議論しあったり、話したり口をはさんだり、笑ったりふざけたり、口論したりしているのを見ている。まるで胸の内に、今にも白紙に噴出しそうな勢いの言葉の火山があるかのようだ。

ところがたちまち沈黙のとばりが下りてしまう。何時間もかじり続けられるペン、書きはじめの言葉を探して前後にページをくり続けられる辞書、イタズラ書きや何もない縁に置かれたマスコット人形。さながら色彩感を欠き、どこか遠くの、おそるべき外国語――さみしい大人たちの言葉で表現するように求められたかのようだ。こうして、その出だしの言語喪失を何とか乗り越えると、テーブルやテレビで聞きかじった内容をパクリはじめる。言葉は抽象画の白や黒やグレーのように嵌《は》めこまれてゆく。文章はあらゆるのびやかさを打ち消してしまう煙ばかりを吐きだす濡れた薪だ。まるでインクと世界がめぐり会う可能性はもはや断たれたかのように。それはいつでも絶対にぴんとこない課題のテーマのせいで、自分たち自身について、自分たちの人生について、自分たちの好みや嫌悪するものについて語るように求められた時でもやはりそうだ。どんな衝動も息苦しい節度の中で固まってしまい、どんな炎も冷たい灰の中で消えてしまう。その結果、課題はどれも似たようなものとなり、先に数えあげた果てしない相違は、論理的であろうとするがために脈略なく、何の危険も冒さないために血の気のない、没個性的な言葉の中で均されてしまうのだ。

教師にとってもっともむずかしい仕事はその子に、本当に知っていることを、その目で見て、考えたことを、歓びや怒りをこめて、何もかも表現するようにさせることだ。

ひと一倍活発な学生ですらたちまち、交通事故の報告書を書かされる軍警察官のようになってしまう。ぼくらの言葉の鮮明さや自在さのすべてが痙攣を起こしてひきつり、何も伝えられなくなり、理屈を唱えるふりをしてむなしく足を引きずる。

今ではぼくもどこに障壁があるのかわかったような気がする。公用イタリア語は、学校のそれも含めて、アッゼッカガルブッリ(*1)のラテン語のような、偽善的で空疎な隠語で砂漠を隠しおおすためだけにまじめぶるものになってしまったのだ。子どもたちはただそれが怖さにどうにかサル真似しようとする。ぼくらの言葉はもはや、詩人や、市場や、吟遊詩人や、かしまし娘の生き生きとした言葉ではなく、文章の息の根を止める抽象的で大仰な注釈のそれであり、みずからの決まり文句をくり返す政治家のそれであり、事実の自然さを覆い隠してしまう多弁症的報告のそれなのだ。

この国は色褪せるばかりで、ますます欺瞞的になるだけの言葉においても老化しつつある。ほんの二ページ書くだけでも、子どもたちはウソをつかなければならない気になる。自分たちが前にしている世界に入ってゆくために誠実さを棄てて書き、こうして自分の人生を裏切りはじめるのだ。

＊1　文豪アレッサンドロ・マンゾーニの代表作『いいなづけ』の登場人物。

筆記試験日の先生と子どもたち

八時半にはじめるはずだったのが、ほぼ例年のごとく、女子生徒がひとり足りない。時は刻一刻と経ち、彼女がいったいどこへ消えたのか知るために電話が鳴り響くが、行方不明者は一向に姿を現さず、いら立ちはつのるばかりだ。

女の子は九時二〇分頃になって悠然とやって来る。「ママが起こしてくれなくて」と言って詫びるが、クラスメートたちは生きたまま食べてやろうかという勢いだ。じゃあ、急いで、遅れた時間をとり戻そう、封筒を開けて二三枚のコピーをとる。

コピー機が紙を増殖させてゆくあいだ、ぼくは論題に目を通して気を揉みはじめる。一題目は無理だ、ダンテの『天国篇』はカリキュラムには入ってなかったから、さっさと飛ばして次に移らなければ。〝芸術、文学の伝統の中での魂の場所〟は間違いなくいいテーマだし、引用も入念にされている——ペトラルカの清らかで新たに生まれた甘美な水とヴェローナを追放されたロミオの吐露、レオパルディの人里離れた丘と山々へのマンゾーニの別れの言葉、でもそれだけでなく『生命《いのち》ある若者(＊1)』の一節とエドガー・リー・マスターズの丘の上で眠る死者たちもある。これならいくらでも興味深い内容が書けるはずだが、子どもたちは荷が重すぎるように感じるのではないか、ここまで詩がでてくると踏み出せなくなるのではないかという気がする。共和国憲法の誕生は通行止めのテーマに思え、これを選ぶ子はごく少数だと賭けてもいいくらいだが、近代科学の誕生についての認識論的アプローチもそうだ。さいわい、冊子の最後の五行は全員に逃げ道を与えてくれる。それは古代の集落や、広場の共同体の終焉と、この中心にテレビという空洞を持つグローバル・ヴィレッジの誕生についての考察である。

「世界の出来事を受動的に眺めることと、共同体の出来事に参加するのとは大いに異なるものなのだ」というのはタンブッラーノ(＊2)の一節だ。ここにはぼくのネコたちがそろってありつけるモツ煮があって、事実、俄然、貪《むさぼ》るようにこの論題にとびつく。彼らの多くには今もローマ近郊の小さな町に住む祖父母がいて、階級差を超えて、おしゃべりで世話好きな真の共同体の最後の残照を垣間見ていて、どんなに都会が孤独と疎外の場所であるかを知っている。彼らは一〇〇〇万のオーディエンスが、ただテレビの前でさみしく、黙りこくった一〇〇〇万人の人たちでしかないことを知っているのだ。どの家にも三、四台のテレビがあって、父も子もそれぞれお気に入りの番組で腑抜けていられるようになっていることを。地下鉄に乗った群衆は、たがいにいつまでも見向きもしない他人たちでできていることを。これこそ郊外の子どもたちにぴったりのテーマだ、仲間を作って、いつまでも友だちでいて、何でも分かちあいたいのに、それなのにもう、この時代の教訓は〃どっちを向いても敵〃で、それも陽のあたる場所のため、でなければただの場所のためだと感じとっている。

ぼくはいつものように本当の話をするように、現実に即して書くように、詭弁の煙幕で自分を見失わないようにと言う。

「先生、テレビをつけっ放しで座ったまま死んで、一〇日たってから見つかったおじいさんのことを書いてもいいですか？」。もちろんいいとも、何の問題もない。「じゃあぼくは今度の近所のパーティのことについて書いてもいいですか？　いい考えだと思うんですけど、一緒に過ごす特別な一日じゃなきゃならないから」。どんどん書いたらいい、そしてじっくり考えてみるんだ。ムスリムの女の子は〃ウンマ〃、すなわち信徒の共同体とは何かを説明できると、このテーマを歓迎する。「私たちみんな、同じひとつの手の中にいるんです」。彼女はそう言って、ぼくは彼女に自分の世界について書くように励ます、それはもうぼくらの世界だ。

手がかりはたくさんある、チャット、バーチャルコミュニティ、偽造身分証、街の新しい広場、ショッピングモール、クラブ、ジム、塀。最終的にはみんな満足しているようだ。

言いたいことがたくさんあったのだ、しっかり書けているだろうか、「h」(*3)や接続法をちゃんと使って、あまり言葉足らずにならずに、的確な表現を選んで。

*1　ピエル・パオロ・パゾリーニ(一九二二〜一九七五)の小説作品。

*2　ジュゼッペ・タンブッラーノ(一九二九〜)。歴史家、ジャーナリスト、社会党を率いた政治家。

*3　イタリア語では「h」を発音しないので、日頃あまり文章に触れていない者が書く時に迷うことがある。

学校多民族化

多くの人間がそうであるように、ぼくも時折、これからの世界がどうなって、どうすれば誰もがみんな一緒に、ちっぽけな世界のハンカチの中で、この街で、この界隈で、この教室にいられるのか、不安に駆られることがある。

ぼくの生徒たちは大都市の郊外の現実の辛酸の中で暮らしていて、日に日に増える外国人への不安が大きくなる兆候を見せ、不安は時に煩わしさや、蔑みや、怯えに変わる。ルーマニア人はだらしなく、酒を飲んではところ構わず小便をし、女の子たちにちょっかいを出すし、バスは誰かれ構わずやりたい放題の連中で満杯で、ジプシーは家に盗みに入る――そんなふうに彼らはぼくに、しばしば怒りで顔を膨れあがらせながら語る。みんな自分の家に帰ればいい、イタリアはイタリア人の手に戻せ、自分たちは貧しくて、分けるものなんかない――そうくり返す。

ぼくは一年のクラスの学籍簿を見つめる。中国人が二人、ルーマニア人が二人、モルドバ人一人、モロッコ人一人、コソボ人一人、チャド人一人とイタリア人一二人だ。どうなるのだろう、どうやって違いを抑え、緊張を解けばいいのだろう。ぼくは最悪の事態を恐れ、もうそれが目に浮かぶかのようだ。ところがすべてはなすがままになり、子どもたちはやってられない話を続け、我慢ならない気持ちを言葉にし続ける、が、教室では何でもつつがなく過ぎてゆき、机は近いし、学生たちの距離も近くて、いつも理解しあえるとは限らないけれど、出来事を、授業を、課題を、発表を、時間を共有しあう。誰も傷つけず、誰も傷つけられず、誰も挑発などせず、誰も避けたりしない。学校の力、目に見えて触れられるものだけを知り、判断する思春期の気高さだ！

子どもたちは同じ歌を愛し、同じピザを食べ、同じ数学の問題で頭を悩まし、日々は未来へ向かって航行する方舟《はこぶね》の上でのように、信じがたいまでに大きくなってゆく砂、小さなバベルの塔の上でのように過ごされてゆく。

学食メニューに各国料理が並びはじめた

いつからかローマに住みついて、オルランド通りのフェルトリネッリ書店前の歩道で本を売っている気のいいアフリカ人がある時、ぼくに何とも愉快なタイトルの小冊子を買わせた。その名も『世界のまんま《パッパモンド》 われらが街のエスニック料理店最新ガイド』(*1)である。

なるほど、ぼくらも今やトリッパ(*2)やペンネ・アッラ・カルボナーラ(*3)、カルチョーフィ・アッラ・ジュディア(*4)やニョッキ・コン・レ・スプンタトゥーレ(*5)ばかりでは飽き足らず、とはいってももちろん、今でも熱烈に愛し続けていることは間違いないけれど、それでもぼくらの好奇心がすっかり満たされているわけではないのだ。やっとぼくらも、長い歳月を経てローマがふたたび世界都市となり、ここに世界が丸ごとあって、知ったり理解したりする新たなチャンスを提供してくれていることに気づいたのである。たしかにぼくらは時に、それぞれの大陸で考えられて書かれた本を読み、南米から届けられる誘惑のリズムで踊り、北欧の洗練されたジャズを聴き、韓国やロシアの不思議な映画を観るが、舌にも自分の好奇心があれば、ぼくらの味蕾《みらい》も風変わりな感覚の中を旅してみたがっているのだ。こうしてエキゾチックな料理店が日一日と増えてゆく。最初にやって来たのは中華料理で、春巻きや鶏の甘酢ソースがけを、破格の値段でもたらした。ぼくらは長いあいだ通ったが、しまいに飽きて、かならずしもつねに最上級のクオリティではないのではないかと訝《いぶか》るようになった。けれどもそれからインド料理が、日本料理が、スペイン料理が、タイ料理が、アルゼンチン料理が、メキシコ料理が、何千もの知られざる料理が、月に一回お腹いっぱいに食べて感嘆するための何千もの方法が上陸してきたのである。

そして今や、学生食堂も新たな食事や〝フェアトレード〟生産品へと門戸を開くのだが、それも、冷ややかな市場論理の外側で生まれ、あまりにも多くの場合、大手食品企業によって搾取される、はるかな国の労働者の権利を守ろうとする人びとの努力のおかげで販売が可能になっているのだ。

ぼくには必然的で、正しく、陽気なことにすら思えるし、まだ小さなローマっ子たちが異なる文化と向きあう素敵な機会だと思える。教室にはアーモンドの目や褐色の肌のクラスメートたちがいて、多くの子どもたちがここで生まれ、彼らは新しいローマっ子で、だけど、出身国の思い出や残り香を持ちあわせている。彼らには語られるべきとんでもない物語、時につらい物語があるし、開け放たれるべき窓が、加えられるべき色があって、そして自分たちの料理があり、それは単に食材を違うやり方で組み合わせたり、火にかけたり、テーブルの支度をすることでもなくて、異なるやり方で人生をイメージすることなのだ。

なかにはこんなふうに言う者もいるだろう。なんて無節操な、混乱もはなはだしい、パスタ入りスープと、がっつり焼いた薄切りステーキに、ちょいとフライドポテトのつけあわせでよかったじゃないか、自分たちのお決まりの伝統にしがみついて、齧りついていたほうがよかったじゃないか、と。でもぼくは前向きに考えるべきで、ぼくらもやっと世界市民になるべきで、それも自分のままで、パスタもジェラートも手離すことなく、この世界がぼくらに持ってきてくれるごちそうを心ゆくまで歓迎するべきだ、と思う。それにクスクスや、寿司や、チリは美味しくてたまらないし、楽しみにも、新しい考えにも火をつけてくれる。ぼくら大人はそうした料理を味わうためにお金を払い、ぼくらの子どもたちは時どき、それをただでテーブルに見つけ、食べて、びっくりして、新しい友だちに問いかけて、説明を聞くことができるのだ。

このお腹、小屋になれ(＊6)――ぼくの子どもの頃の陽気な言いまわしだ。今日、ぼくらは子どもたちのためにもっといい言い方ができる。このお腹、世界になれ！

＊1　パッパ＝幼児食、たらふく食べる。モンド＝世界。あわせて〝世界を平らげる〟といった

意味だが、マッパモンド＝世界地図、地球儀、の語呂合わせにもなっている。
＊2　もつ（ハチノス）のトマト煮込み。
＊3　〝炭焼き風〟ペンネ。
＊4　アーティチョークのユダヤ風。
＊5　スペアリブ入りニョッキ（トマトソース）。以上、ローマの名物料理。
＊6　〝腹いっぱい食べるぞ〟の意味。

ファッション科の女の子たち

試験といえば、昔ながらのラテン語やギリシャ語の翻訳の組合せ問題や数学の課題を思い浮かべ、タキトゥスやヘロドトスの難問を解き明かそうとして、あるいは積分や導関数の複雑な数式を解こうとしてえんえんと費やした時間を思い出す。

けれども専門学校はそれとは異なる問題を、いかに世界がぼくらの周囲で、ぼくら人文科学の蒼ざめた末裔が想像だにしないことごとをめぐってこつこつと働く人びとで成り立っているかを思い起こさせる現実的な問題を提示する。日がな一日、二大世界体系をめぐって熱弁をふるうぼくらが〝現代の研究所でとり入れられている技法の中で今日、幅広く用いられる紫外・可視分光法〟について何を語れるというのだろう？ 分子分光測色法に関する質問で、ぼくらに何が答えられるのだろう？ 完全なる沈黙だ。現にぼくは、すがるような目でデンテリオ灯の使用法についてヒントを求めてきたセミスキンヘッドでセミナチにもかかわらず善良な生徒に（郊外の暮らしではこうした奇妙な矛盾もまた存在する）、わずかな救いの手も差し伸べることができなかった……。おそらくわが国の知識人は、町のどこかで人びとが汗水たらして手に職をつけていて、ある種の不可欠な文化論争などはその余波すら及ばない場所で何か月か過ごしたほうがいいのかもしれない。

わが校にはいくつかの職業科があり、ぼくは今年ファッション科の女の子たちを教えた。彼女たちは、ぼくが何も知らないうちにロンドンで開催されていたイクストリーム・ビューティについての展覧会を想定したドレスの平面作図を描くように求められた。国語の課題ではレポート用紙の二段を埋めることもままならない彼女たちだが、エンピツや筆やハサミや布を自在に操り、服を着せるマネキンからはじめ、現在を考え、未来を思い描くことができる。ぼくはここで、考えというのはかならずしも本や議論を経てゆくわけではなく、あらゆる努力はものごとの中心へと導いてくれることを学んだ。

アパレルデザインと服飾史の先生は、生徒たちより少しだけ年上の若い子だったが、紙から浮かびあがってくる作品を目にしてこの上なく喜んでいた。「今日はみんな一緒にデザインをする最後の日なんです」、彼女は言った。「きっと彼女たちの多くは生活のために仕事を選ぶことなんかできなくて、この先二度とエンピツに触ることもないでしょう。もしかしたら二年後とか、一〇〇か所ぐらいドアをノックした末にやっと、店員かバーテンダーの仕事にたどりついて飛びあがって喜んだりするのかもしれません。それでも私はあの子たちがジャケットを赤い色にしたり、パンツのシルエットを決めながらどんなに多くを理解し、襟のカットに心をこめ、没頭しながらどれだけの想像力と、どんな細心さを引き出したかを目にして、嬉しくてたまらないんです……」

漠然としたアイデアを現実のものへと変える、ある思いを正確な動作に変換する心、注意、根気——それはぼくらの口先ばかりの時代ではますます軽んじられるだけの姿勢だ。

ぼくは混乱し、戸惑いながら机のあいだを歩きまわり、じっと見つめては独りごちていた——まったく、この子たちには自分が何をすべきかわかっていて、しかもきちんとやっていて、それなのにここを出たら誰がそのことに気づくというのだろう、ぼくですら危うく見過ごすところだったのに？

一四歳の死

一四歳の少年の自殺のニュースがもたらす痛ましさはあまりにも大きく、深く考えてみようとしてもなかなかできない。その男の子を死に向かわせた思いや気持ちを想像するだけで、とてつもない奈落に、怒りと苦しみの叫びを上げることしかできない穴の底へと突き落とされる。クラスで一番の成績だったようで、全科目九点で、そのために同級生にあざ笑われ、いじめられ、無視されたということのようだ。それが自殺の動機と思われる、なかなか受け入れられないことだが。

わが家の近くには聖アンジェラ・メリチの教区教会があり、前を通りかかるたびにぼくは壁にかけられた銘板を読む。ヨハネ・パウロⅡ世の訪問が記され、彼の、つねに聖人を目指そうという奨励が記されている。良き人ではなく、まじめなキリスト教徒でもなく、聖人になれというのだ。この崇高であれという呼びかけに、ぼくはいつも背筋が震える。神を信じようが信じまいが構わない、大事なのは今、ぼくらが自分たちの限界を超えられることを、よりよきあり方へ向けての緊張を、高尚で、価値ある、みずからの頂点へ至ろうと心を砕く者への変身の可能性を、どれだけ信じられるかということなのだ。

今日のイタリアではこの、自分が生まれ持った才能を倍増ないし三倍増させようという勢いは忘れ去られたようだ。及第を、生き残りの六点を、喫水線を目指すのである。むろん、人生は厳しく、やっかいきわまりない。浮かんでいるだけでも一大事業だ。仕事もない、将来も、希望もない。けれども、あらゆる向上心や、ぬるくて穏やかな沼から抜け出そうという試みが阻まれているのも事実なのだ。研究者はドイツやアメリカの大学へ移らざるを得なく、より開かれた探究心は国を後にするしかなく、でなければ凡庸や、くだらない推薦文や、あまりトサカを立てすぎないようにという進言を受け入れるしかない。そして学校で最大の力を発揮しようとする者は、からかわれて、つまはじきにされる危険を冒すことになる。

一生懸命になるのは有害か、でなくとも無意味なのである。

考えてみれば、テレビは何もできないかほとんどできなくてもクローズアップされ、たんまりのお金や人気にありついた人間たちであふれ返っている。そして政治は駄弁を弄しては、のらりくらりやってのける門外漢たちを山ほど寄せ集めている。がんばって何になる？　ぐうたらどもに目にもの言わせたり、無能な輩の目の前に本来の職務を叩きつける？　気をつけないと、ぐうたらや無能な輩はリベンジがお手のもので、君の奮闘もお笑いネタにされるのがおちさ。

この死はむごいが、ぼくらの社会の根本的な価値を考え直し、異なる社会像を描き出すための手がかりになるかもしれない。

ここまで悲劇的なかたちで死を遂げた男の子は、ぼくらの良心への力強い呼びかけとならなければならず、すべての人間、本当にぼくらの誰もに、そのうちに秘められ、それが表すことのできる最良のものに身を捧げてこそ、はじめて人生は意味を持つ――そして美しいものとなる――ということを思い出させなければならない。聖性や至高の極みに、とは言わないが、せめて自分の役目を最後まで務めあげるように、不機嫌で、いら立って、せせら笑いを浮かべたただのエキストラにならないために。

悪ガキの懐かしき胸躍る世界

悪ガキ《モネッロ》は今では古臭く滑稽な響きの言葉になり、この言葉を口にするのももうどこかのおばあさんか髪が灰色がかってきた小学校の女の先生ぐらいだ。ろくでなし《ガッリョッフォ》やゴロツキ《リバルド》やごくつぶし《ズッズレッローネ》と同様に、悪ガキも新しい世代が使わなくなった語彙に数えられる。とはいえぼくが子どもだった六〇年代にはそんな名前の少年誌すらあって、〝トポリーノ〟(＊1)と並んで子どもたちのあいだで人気を二分していた。今でも何人かのキャラクターが思い浮かぶ。ペドリート・エル・ドリートは、口うるさくてひまさえあればのし棒で夫をひっぱたく妻のパキータとの奮闘に明け暮れていたし、それからティーラモッラといえば、チューインガムのようにとんでもなく伸びるキテレツな存在だった。でも何もかも過ぎ去ってゆく、そう、事物も名前も変わり、ことによるとのし棒も、少年誌も、チューインガムももう何の意味もないのかもしれない。

最近、学校でチャーリー・チャップリンの話をする機会があり、生徒のほとんどは彼が誰か知らなかったが、プレイステーションやモニュメンタルなナイキで頭がいっぱいの少年が、すっかり髪の白くなった世代にとっての傷だらけの映画の金字塔『キッド《イル・モネッロ》』を思い出せるかどうかなど、考えるまでもない。今どき「いいぞ、トマ・トマトまんま」の鼻歌を口ずさみながら「少年ジャンブッラスカ」を読む子がいるかどうか、考えるまでもない。今は悪ガキが自らの傑作や失策を披露する場すらなくなってしまった。人生の小さな学校としての通りはもう存在しないと言っていいし、中庭の激戦も消滅した。可能なかぎり、思いつくかぎりありとあらゆるダメージが加えられる立派な家の居間も、家庭の変容に関する大学の研究対象でしかない。今日の通りは、まともな母親なら絶対にわが子を遊びに行かせないネコ挽き器で子ども挽き器である車とバイクの王国だ。パール街の少年たち(＊2)のような、通りでせめぎ合うグループはセピア加工された写真、過ぎ去りし時代の物語なのだ。親指のつめでちょっとずつはがさないといけないひざ小僧のかさぶたや、あの、とんぼ返りや、塀から飛び降りた時や、シャッターと格子門のあいだで際限なく続いたボール蹴りの試合のおかげでできた見事な凝血の塊はもう、ぼくらの子どもたちの足には見ることができない。いや、子どもたちの華奢な足すら見られなくなり、あの半ズボンの下のか細くてはしこい棒きれはすっかり重くなって、何があっても絶対に破れてはならないデザイナーズパンツに隠れ、守られているのだ。ぼくはいまだにクリの木の柄にぴんと張られた照準器、おきて破りの石を乗せる本皮のあて皮でできた本物のパチンコの感動を覚えている。街灯に命中させる時の、ガラスが砕け散る音を聞く時の、一瞬にして光が闇と化すのを見る時の歓びを覚えている。石のあいだを長いこと追いかけたあげく、ついに正確な一撃で死の釘づけをお見舞いするトカゲ狩りのぞくぞくする思い。しかし悪ガキの忠実なる相棒、パチンコすら今となっては流行りではないのだ。ごくごく控えめに、男の子はスペースマシンガンだの、ピンポン球を装填するバズーカ砲だのを、興奮はさせるが真の冒険を生み出すことはないオモチャを欲しがり、冒険なくして悪ガキは活力をなくし、消滅するのである。悪ガキは何であろうと同じことをくり返したがらなかったし、くり返しはいつも退屈で、彼が何より望んでいたのはつねに新しい経験をすることだった、いや、できることならゼロからそれをひねり出すことだった。昼下がりはいつだって前の日の昼下がりとは違っていなければならないし、一時間ごとに驚きや、発見や、事件がなくてはならず、もしも仮にその小一時間が何食わぬ顔で平然と進行しようとしていたら、挑発し、しめあげ、粉砕しなければならなかったのである。

ある意味悪ガキはパスコリ的幼子《ファンチュッリーノ》の暗い側面だった。彼が世界の魅惑を前にして驚異と感嘆を糧にし、神秘を観想しながら心奪われ、じっと身じろぎせず過ごしていたのだとすれば、かたやわれらがヒーローはネコの尻尾を引っぱり、寝ているイヌを蹴とばし、ものごとの不活性に揺さぶりをかけずにいられない狂おしい熱望に駆られていたのだ。あんなに小さい頃からもう、人生はうんざりさせられる代物で、義務だの、強制だの、努力だの、髭を生やした厳格な父親だの、口数少なく従順な母親だの、しかつめらしい祖父だの、決められた時間や逃れようのない規則だのでできていることなんぞお見通しだったのだ。もっとも細かなディテールまで、家も、教会も、憂鬱も、組織化されたただの無でしかないのだと。というわけで少年期に許されたそのわずかばかりの自由を最大限に生かさない手はなかった。とっ捕まってそれっきりになってしまう前に、いやというほど楽しまなければならなかった。教育は抑圧の長い過程であるとフロイトは言ったが、悪ガキは何もかも心得ていたのだ。さいわいにして教育マシンはまだいくつかの抜け穴を残していて、まだ全日制や、サッカー・スクールや、水泳教室や、アニメーターが配役を決めて台本を覚えさせる学芸会はなかった。悪ガキはまだ、ドアから外を窺《うかが》って、ステップへ、パンパへ、破天荒な少年期の草原へと逃げだすことができたのだ。

今、近所の公園をあらためて見ると、そこはイヌたちが用を足し、年金生活者がふたりばかりぼやいているみすぼらしい原っぱにすぎなくて、そんなちっぽけな空間がありったけの生命であふれていたなどとは信じられない気がする。なんだかんだ言ってもぼくは良い子で、パチンコや、ビー玉や、サッカーに夢中だったにせよ、それでも罰の王様は恐ろしくてたまらなかった。けれどもあたりの建物からなだれのごとく駆け降りてくるルチーニョロ（＊3）たちにはかぎりない賞賛のまなざしを向けたものだ。ピクシオとジョストラ――それがぼくが聞いた彼らの名だった――俊敏さと悪意でできたふたりのチビを思い出す。聞いた話では、彼らは孤児で、父親は獄中にいて、ふたりとも小学二年を三回やり直して、つばを一〇メートル飛ばすことができて、トラックの中で生まれたということだった。情報のほとんどは彼ら自身が出どころで、それというのもふたりにはありのままの現実を受け入れることなどできるわけなかったからなのだ。ふたりは水鉄砲に近くの教会の聖水を仕込んでネコどもに洗礼を授けた。あるいは自分たちの鼻くそを食べてみせて、戦々恐々としているぼくらに何だろうと怖がったりぞっとしたりしてはいけないのだと教えようとした。ある時、ピクシオのお祖父さんが彼を探しにやってきた。悪ガキはベンチの後ろに身を潜め、笑いをこらえて老人から盗み出した入れ歯を見ながらご満悦だった。しかしピクシオとジョストラが自分たちの悪ガキさのもっとも華麗なる成果を披露してみせたのはクリスマス休みのあいだのことだった。教区教会に飾られたプレゼピオの人形を盗んでは死ぬほど喜んでいた。ひとりが祈るふりをしながら見張りを務め、もうひとりが略奪にいそしんだのだ。誰かに新しい兵隊を見せられると――南北戦争の南軍兵か北軍兵なのだが、当時はこれが一世を風靡していた――ふたりはプライドと自己防御の冷笑でこれに応え、ヒツジを三頭、ヒツジ飼いをふたり、ウシを一頭、しまいには聖ヨセフまで、そしてエピファニア(＊4)が終わるとバルタザールなんかも引っぱりだしてみせた。誰かからピクシオかジョストラが、どちらかはっきりしないのだが、数年後に環状線のオートバイ事故で死んだという噂を聞いた。時速二〇〇キロ出していたという。もちろん人によっては悪ガキは――その善良なる兄弟である幼子とちょうど同じように――当該年齢を過ぎた後も、魂の中で地団太踏み続けているのである。今でも心のうちにすこぶる生き生きと、イタズラしたくてたまらない気持ちも、良識やら灰色の大人らしさなんぞに負けてたまるかという気持ちもそっくりそのまま、彼を抱き続けている者もいる。世界は彼をロバに変えようとし、さんざんこき使った挙句に皮を剝《は》ごうともくろむが、だがしかし悪ガキは永遠の子《プエル・アエテルヌス》どもさながら、その歓喜あふれる未熟さを、その自由への限りなき欲望をどこまでも守り抜くすべを知っている。ことによるとアーティストになって、存在しない世界を捻出し続けようとしているかもしれないし、あるいはやはりはみ出し者として終わるのだろうか。ぽっちゃりとして、マンションに囚われの身で、テレビゲームの丹念なキーパンチャーで、うまく跳ねないバネのように屈折した今の子どもたちを気の毒そうに見つめているのはたしかだ。悪ガキは古びた人物像、幕を下ろした時代のヒーローであり、せいぜいかつてあった少年時代についての展覧会の主人公になるぐらいが関の山だ。それに、もはや彼が仕事にかかれるような環境状況はない。ピノッキオとジャンブッラスカ、ピクシオとジョストラは今日、何をすればいいのか、どこで面倒を引き起こせばいいのかわからないだろう。

あるいはこう反論する者もいるかもしれない。今のチンピラがあの頃の悪ガキなのではないかと。とんでもない、それは絶対あり得ない！　大いに違うのは自由な発想力という点で、最近のチンピラにはそれが何のことやら見当もつかない。チンピラ小僧は筋肉をふくらまし、自分より小さい子に威張り散らし、一番弱い者を殴って圧倒する。虚勢を張るためにあごを固め、ガンつけし、あらゆる意味で自分のやわらかな年齢を否定する。チンピラはミニチュア大人に、人を蔑む冷酷な大人になろうとし、まだちっぽけな自分を恥じている。行いでも思慮のなさでもどんよりと重く、ミュージックビデオのラッパーさながら大股開きでひとり無残に立ち尽くしている。悪ガキはやはりメルクリウス、足首に生えた翼、速やかな脚と思考、軽やかさと悪だくみ、想像力と嘘だった。悪ガキがチンピラの友だちになることはあり得ない。退屈で、見えすいていて、少年時代の許しがたき裏切り者だと思うに違いない。ピノッキオとルチーニョロ、ピクシオとジョストラが暴力的だったことはない。彼らは暴力が現実の基盤であることに気づいていて、現実に対してはこれっぽっちの好感も持っていなかったからだ。人生はひねり出すものであって、押しつけられるものではないのである。何が何でも鉛を金に、退屈を芝居に変えてしまわなければならない。もうひとつエピソードがある。ぼくは八歳で、降りしきる小雨のおかげでいつもの公園ではどうにも遊びようがなかったある日、ピクシオがぼくを離れた場所に呼び、父親の戦争の勲章を盗んで、言葉をしゃべるイヌと交換したと言った。「しゃべるって本当にしゃべるのか？」、ぼくは訊いた。まあ、ちょっとした言葉をさ。「例えばどんなこと？」。チョコレートとか、リコリスとか、パラポンツィとかな。「パラポンツィって何だよ？」。何だかわからないけど、ゴキゲンな言葉だろ。「それで、親父さんは何だって？」。まだ気がついてないよ。でも親父の戦争の勲章なんて知ったことか。

雨は小降りになっていて、水たまりを縫いながらまたサッカーができそうだった。「ピクシオ、あのさ、その言葉をしゃべるイヌの話って本当なのか？」。彼は返事をせず、ただ、狂ったように吠えはじめた。

＊1　イタリア語でミッキーマウスのこと。

＊2　『パール街の少年たち』はハンガリーの作家、モルナール・フェレンツの小説。

＊3　ピノッキオの悪友。

＊4　公現祭、顕現日などと訳されるキリスト教の重要な祝日のひとつ。カトリックでは東方の三博士がイエスの生誕を祝いにやって来たとされる一月六日にあたる。イタリアではこの日、魔女ベファーナが良い子にプレゼントを持ってくることになっている。

いじめについて

いじめ《ブッリズモ》という嘆かわしい現象についてぼくの考えをまとめてみたい、といってもそれは厳密な概念ではなく印象や経験で成り立っている。

名前とは本質的なものであり、ぼくはかつて孔子が言っていたこと、すなわち〝はじめに言葉を正すべし〟だと信じているので、何よりもまず、ブッリズモという用語をゲス行為《カロンニズモ》と言い換えたい。いかんせんブッリズモではあまりにも耳触りが良すぎて、それではトラステーヴェレ(＊1)の荒くれ《ブッロ》たち、たしかにふてぶてしくてけんかっ早かったとしても、じつは大きな心を持っていた彼らを彷彿とさせてしまう。あるいは、ぼくの記憶に間違いなければ、不遜な態度にもかかわらず一種の聖ヴィンセンシオ・ア・パウロ会の婦人、貧しく恵まれない人びとのために尽くす女性に恋することも厭わないマーロン・ブランド主演の『乱暴者《あばれもの》』のような、ある種の映画を思い起こさせる。ところがここではまったくの非道横暴の王者のことで、弱きを痛めつけて悦に入るチンピラ小僧たち、凶暴で卑劣なバカタレのことなのだ。もっと侮蔑的な用語に、いつでも一発お見舞いするが手には心を握りしめていたかつての荒くれたちの庶民的勇気とは縁もゆかりもない一語に釘づけるべきである。新たなゲス小僧たちは、ぼくの教師としての今や長い経歴の中でかなりの問題を起こしてきた。数年前には教室でひっきりなしにもの笑いの種にされ、ありとあらゆる虐待を被らなくてはならなかった若い同性愛の男子を精神的、物理的に守らなくてはならなくなった。あるいは、あまりにも悪意や、蔑みや辱《はずかし》めの標的にされたせいで学校をやめかけていた吃音症の教え子のことを思い出す。

だが根本的な論点に移ろう。ぼくはこうした恥ずべき行為を生み出しているのが学校だとはまったく思わない。学級生活にサーチライトを浴びせるさまざまな調査報道にはまったく賛同できない。残念ながら学校はこうした卑劣漢たちが好んで腕を振るう競技場になり得る。たしかに彼らを受け入れはしても、生み出すことはない。学校は無数の欠陥を持つ機関だ。その最たるものはおそらく生まれ持った憂鬱で、それはここ数年で一層際立つようになった。学校は老いて、ほこりだらけで、時代遅れで、というのはそのとおりだ、が、決して暴力も横暴も助長したことはなく、それは残念ながら気がついた時にはすでにその老朽化した教室に入りこみ、すぐにその正体を見極めて身を守るすべを知らなかったのだ。ぼくの考えでは、学校はこの時代の攻撃的でエゴイスティックな哲学とは正反対の場所のひとつであり続けている。この攻撃的で下賤《げせん》な体質はどこか別の場所で生まれる。どこかほかで狡猾な輩や、野蛮人や、ゲスたちが崇め奉られているのだ。

ある晩、ぼくはテレビを見ていて信じがたいコマーシャルに出くわした。何人かの人間がいささか過激な、笑えなくもないことをやっていた。服を着たまま魚だらけの巨大水槽に飛び込んだり、ニッパーを使って檻の中の動物たちを逃がしたり、と。ここまではいい。ナレーションはこんな感じだ。「ちょっとハメはずすのは、いつだって自然の基本にあったのだ」。ここまではまったく異論なしだ、ぼくは作家で何百人のアーティストに会ったけれど、そうした一分の狂気がなかったら何も生み出せないし、何も直せないことはわかっている。ただ、それから最終メッセージが届く。ここはうろ覚えだが、中身はしっかり覚えている。ナレーションはこう言い切る。「人間たちがあらゆるかたちの思慮を拒否すれば、決して歳をとることはなくなるだろう」。あらゆるかたちの思慮。老子も、ブッダも、キリストも、セネカも、モンテーニュも、ヘーゲルもただの哀れなおバカさんで、人生でたったひとつ大事なことは大騒ぎをして、ハメをはずして、老人にはつばを吐き、調和や、理解や、同情の追求はひとつ残らずバカにすることだ、というようなものだ。しかもいったい何のためにそこまで？　より独創的で危険な道を経て悟りを開くためとか？　とんでもない。そうまでして車を売ろうというのだ。これこそどうすれば自分たちの飼いウシを太らせられるかよく心得た策士のマネージャーや、広告業者から若い世代へ向けて打ち鳴らされるメッセージなのである。

人びとが度を越し、とち狂い、あらゆるかたちの思慮を忘れてしまう必要がある。そこまでいってはじめてぼくらは、かけがえのない経験のための、唯一無二の興奮のための製品を売りつけることができるのだ。そして一番若い子たちや未熟者たちが食いつく。何を勧められたかすら考えてみないし、わかっているのは今の世界ではそういうことになっているということだけだ。ただバカ騒ぎをして、どんなリスペクトも、どんな優しさも、足を止めて考えることのできるどんな神経細胞も失くしてしまわなければならないのだ。たぶん一〇〇年前か、あるいは三〇年前ならこうした姿勢にはそれなりの魅力があって、それは世界があまりにも慎重でこり固まっていたから、代償を払っても、その代償が高くついても、どんと一発体当たりを喰らわせる必要があったからなのだ。歯向かえば牢獄に送られ、一家から追放され、良識ある者たちからのけ者にされた。だが今、消費産業界は、最良の策はニワトリの大量飼育ではなく、何でも今すぐ欲しがり、楽しみたがり、攻撃したがり、浪費したがり、迫害したがり、そしてまた浪費したがる貪欲なタカの飼育だと気づいたのだ。

これがぼくらの世界である。この錯乱と強欲の工場で新人類が生まれる、ブッロ、ゲス《カローニャ》だ。学校は唖然として変化を見つめ、ずっと提唱してきた価値観はその場で息絶える。犠牲や、集中や、予習復習や、努力という固定観念を執拗に主張し続ける老いた先生は、いや、若い先生も、現代からとり残されたただの気の毒なおっさんなのだ。月に一三〇〇ユーロの給料で、自分の生徒たちにいかに人生が過酷で複雑かを懸命にわからせようとする先生は、パラボラアンテナもなければ未来もない哀れなバカなのである。しみったれた車に乗って、下手すればバスで学校に通うような人間に車の最新モデルの何が、時速二〇〇キロで対向車線をかっとばす嬉々とした狂気の何がわかるというのだ？

こうして子どもたち、なかでも落ちこぼれ、背後にしっかりした家庭環境もなく、目の前に約束された地平が広がってもいない子たちは、すぐに目立たなければならない、怒鳴り声を上げて、どんな類いの弱さにもタックルをかまさなければならないと感じるのだ。トッティ(＊2)やガットゥーゾ(＊3)も断言する。ノー・プロブレム、そして、このコンセプトがきちんと理解できなかった者のために、こうつけ加える。若者に問題は無用だ。問題なら老人や、負け犬や、病人や、失業者や、毎日必死に食いつなぐその日暮らしの連中が抱えていればいい。かつて偉大なシャンソニエ、ジャック・ブレルが叫んでいた。ラ・ヴィー・ヌ・フェ・パ・ドゥ・カドゥ、人生は贈り物などくれない、人生はむずかしいもので、注意深く、あらんかぎりの力を出して立ち向かっていかなければならない。要するに、これがぼくらの浮かんでいるスープで、だとすれば、ひっきりなしにイケてて、強くて、日焼けしていて、バカで、ポケットの中には金があって、ジェルでツンツンにした髪の先やつるつるおつむの中に多少の野放図があることを求められる子どもたちが、往々にして前向きに反応できなかったり、この悪魔の罠から逃れられなかったり、弱さや、都合や、順応主義のおかげで何のとりえもない哀れな小ゲスになったとしても、不思議はない。

状況を逆転させるには、ぼくらの時代の大きな文化的トリックを暴くことからはじめるべきだろう――ルール破りや、めくるめく興奮や、成功や、クローズアップや、主役の座を約束しておいて、子どもたちを名もなき者のまま、どこまでも悲惨な状況の中、何でも屋エキストラの人生の中にほうり出すという。

学校の威信には明らかに亀裂が入った。ある時、ぼくはひとりの女の子にどうして国語の教科書を持ってきていないのか訊ねた。イタズラ書きやグルグル模様をしたためている一枚の紙からペンを離しもせずに彼女は、学校なんかどうでもいいから教科書なんか持ってないと答えた。彼女はその言葉を満足げに、ぼくに真っ向から叩きつけた。彼女が興味があるのはケータイや、服や、タトゥーや、テレビや、その手のものなのだ。そこでぼくはごく落ち着いて彼女がデコレーションしていたその紙を取りあげて、丸めてゴミ箱に捨てた。そもそも反逆児にはそれなりのリスクがつきもので、でなければどこが反逆児なのだ？　ということをわからせるためである。彼女はドアを叩きつけて出ていった。どうやら出口では彼氏が今にもぼくに殴りかかろうという勢いでいて、まわりがなだめなければならなかったらしい。

今、学校はそんな様子だ、少なくとも郊外地区ではそうで、サブカルチャーがとり返しのつかない損害をもたらしている。ブッロたちはこの時代の腐った食べ物で養われる。それから学校にやって来て、このうってつけのショーウィンドーで怒りと欲求不満を吐き出し、目立ち、何でも壊しまくり、ガラスでケガをし、バカみたいに笑うのだ。

＊1　ローマでも庶民的な地区として知られている。

＊2　フランチェスコ・トッティ（一九七六〜）。元イタリア代表のサッカー選手、ローマのヒーロー的な存在。数々の迷言でも知られる。三八ページも参照。

＊3　ジェンナーロ・ガットゥーゾ（一九七八〜）。元イタリア代表のサッカー選手、ガッツのあるプレイで知られた。

女子版いじめについて

いじめは、ぼくらが思っていたように、あくまでもオスの獣性で、弱い獲物に群れで襲いかかるオオカミの、力と非情さを見せつけようとする原始的な趣味ではない。今では、女の子たちも恐い顔をして仲間の子を痛めつけることがわかっている。

たしかに、女性の心が残酷な行為にも及ぶことは、以前からぼくらもよく知っているが、その手並みはまったく別ものだった。それは凝りに凝った悪意であり、唇に笑みを浮かべつつ刺しこまれる短剣であり、会話のさなかにギロチンのごとくふり落とされる切れ味鋭い言葉であり、一瞬にして思いもよらない裏切りを生み出す偽りの友情だった。『危険な関係』のメルトゥイユ侯爵夫人は究極のモデルだった。何年もかけて復讐を準備し、この上なく優美なゲスならではの策略で実現を可能にする洗練された知性だ。けれどももはやそんな時代ではないことは、はっきりしている。

今はてっとり早く、前置きやら、チェスの駒の動きやらはすぱっと無視して、マジでボコボコにする。多くの女子が通う郊外の学校で教えていて、殴る蹴るや、西部劇さながらの口撃の応酬やとっくみあいのぞっとする話を聞かされたことは一度ではない。もっともそれは郊外地区限定で済まされる事態ではなく、パリオリでも、どうやら、女の子たちは手を上げ、群れをなしてそれぞれの情け容赦なさに興じるすべを知っているようだ。

そもそも、もう一〇年以上もバッドガール・ブームなのだ。内気で、控え目で、もの憂げで、優しい子たちは、後ろ髪ひかれる間もなく飛び越された世界のものとなった。ぼくらの時代感情は、何が何でも競争へ、絶えず硬派で情け知らずなことを見せつけ続け、理解や同情でブレないように駆り立てる。そして多くの女の子も早々とこの教えを学びとる。

何度、ぼくが足を引きずるヒッジを級友の鋭い牙から守らなければならなかったことか。耐えがたい言葉、絶対的不寛容の炎、永劫の軋轢《あつれき》としての人生、そこでぼくはバリアやショックアブソーバーとなり、弱者を攻めたてるのはただのクズの仕業だ、力やエネルギーはもっとほかのことに費やされるべきだと説明しようとする。けれどもそれは風に向かって話すのと同じで、ほとんどは無に帰す。

良い娘は天国に行く、悪い娘は好きなところに行く——そんなヒットフレーズがあって、流行を先取りしようと目を光らせている広告でも使われていた。〝好きなところ〟というのは、人生がもっと強烈でもっとこれこそ真の、という場所を意味しているはずだ。最低のオトコたちがするように、袋叩きにする学校の外の歩道とは違う。

さらば敗者崇拝、倒せ悪しき勝者

長きにわたってぼくらは誇りや青臭い思いあがりによって敗者崇拝を育んできて、あまりにも居心地の好い敗者の立場でのうのうとし、勝者をまるで平凡で、見え透いていて、あまつさえご都合主義者で、つねに凱旋する側にいて、つねに勝ち馬に乗っていて、一度も転落やほこりのほろ苦さを味わったことのない者たちであるかのように軽蔑してきた。

ぼくらの目に敗北者はロマンティックで、美しく、呪われて、凡庸で横暴でしかない現実との衝突によって彼らの理想の中で斃《たお》れた英雄として映ったのだ。敗残者の一大連隊を、たがいにまったくかけ離れていながらも不運だけは共有する人物の居場所となった霊廟《パンテオン》をぼくらは愛した。カルロ・ピサカーネ(＊1)とドナルドダック、チェ・ゲバラとウェルキンゲトリクス(＊2)、ボニーとクライドとシッティング・ブル、ドランド・ペトリ(＊3)とジム・モリソン、レオパルディとボノー団(＊4)、テンコ(＊5)とボッロミーニ(＊6)、詩人、アスリート、革命家、ミュージシャン、たとえ災いの聖痕を刻印されても、みずからの運命をどこまでも、最期まで受け入れる気概を持っていた者たち。祝祭や、金メダルや、桂冠などはあいつらにくれてやろう、あのあさましき勝者の奴らに。勝つことは悪趣味に思え、勝つのは主《あるじ》どもで、人間のクズだった。勝つなんて簡単なことだ、時流に乗って、ゲームのルールに従って、賭け金をせしめればいいのだ。

若い頃はがむしゃらに破滅を愛する、とりわけ崩れ落ちるものに幻想の天空的気高さがあれば。それから年月が過ぎてゆくと、なかにはこのラッキールーザー的立場を逆手にとりはじめる者が現れるが、やはりいつでも女子にはある種の魅力を抱かせるからなのだ。かくしてひと味違う男の演技がはじまり、パーティでは踊らず参加せず、片手にグラスを、もう一方の手にタバコを持って窓辺でひとり佇み、群衆には迎合しない。負け犬のヒロイズムに何かしら漠として不毛な哀愁がとって代わる。お前らはそうしてな、まあよろしくやってるさ、やっきになって奮闘しちゃってくれよ、さっさと社会で最高のポストにありつけばいい、オレは美しき魂だ、オレにはお前らなんかに説明する気にもなれない考えやセンティメントがある、オレはニック・ドレイクを聴いてわが甘美で崇高なる敗北の中でメランコリーを味わうのさ。こんな子たちを何人見てきたことだろう、そしてそんな彼らの後ろには、自分の蒼ざめた息子がみずからの敗北者のよどんだ自尊心のうちで悠然と年老いてゆけるように死にものぐるいで働いてきた父母がいたかもしれないのだ。

忽然とある疑念がぼくらの意識に浮かびあがる、さながら笑みとともに飛び出してくるイルカのように。成熟は新たな問いをもたらし、とことん踏み固められたように思えたことをもう一度考え直してみるように促す。かならずしもゲスになることなく勝とうとしてみてもいいのだろうか？　勝者はみずからの結果を恥じなければならないのか？　それは絶対に順応主義者で、風見鶏で、人でなしなのか？　それとも一定の年齢になったらヘーゲルがロマン派の詩人を指して定義づけた〝ひ弱な精神〟の次元を抜け出して、世界で花開こうと、ともあれよりよい社会に向けて貢献を成そうとすべきなのだろうか？　三〇歳を過ぎるとすべてが変わるのだ、蔑視主義者や、フルタイムの冷笑家や、自己満足を極めた負け犬の不毛の土地で萎《しお》れたくなければ。

実現が困難な移行だが、より豊かな人生を抱き、みずからの日々に意味とエネルギーをもたらすためには必要な移行だ。たしかに現代の覇者は金持ちで権力者であり、ナルシストで恥知らずで、自分にスポットライトを要求する人間で、誰もが羨《うらや》み、誰もがなりたがるものだ。今や敗北者は呪われた魅力も、余裕のオーラも失くし、だから何とか守ってやりたいという気にもなる。ただぼくは、今日の覇者がいかにおぞましくとも、ともあればくらは、自分たちの才能を地下ないし天上三メートルに埋めてしまうことなく、憂鬱を行動に変えて、敗北の神話から脱却しようとしなければならないと思う。負けることを知らなければならない、ずいぶん前にザ・ロークスが歌っていたように、でも、勝つことも知らなければならないのだ、被害妄想や泣き言にはまったままでいるのは最悪の選択だから。ひとりひとりが全力を出しきれば、それは少なからざることなのだ。それにたとえ喝采にまみれ、バラの花が飛び交う中、凱旋門をくぐらなかったとしても構うことはない、大事なのは顔を上げてこう言うことなのだ、ぼくはここにいる、ぼくはやってみる、打ち破りたいのは無気力と無感動以外の何ものでもない、人生は大きい、ぼくのいる場所だってあるはずだ、どんなに高くつこうとも。

＊1　一八一八～一八五七。イタリア統一運動に身を捧げた革命家、非業の死を遂げる。

＊2　紀元前七二～紀元前四六。カエサルのガリア侵攻に抵抗し、フランス最初の英雄とされる。

＊3　正確にはドランド・ピエトリ（一八八五～一九四五）。マラソン選手。一九〇八年のロンドンオリンピックで一位でゴールするも、その直前に倒れたところを係員に抱き起こされたことで金メダルを剝奪された。

＊4　ジュール・ボノーが率い、ベル・エポック期にフランスで暗躍したアナキストの一団。

＊5　ルイジ・テンコ（一九三八～一九六七）。今もなおもっとも尊敬されるシンガーソングライターのひとり。深く胸を打つ歌詞を書き、二八歳の若さで命を絶った。

＊6　フランチェスコ・ボッロミーニ（一五九九～一六六七）。一七世紀最大の建築家のひとり。

三次試験の魔物

予測不能の三次試験の日もやって来る、女の子たちが何よりも恐れるクイズ大会だ。口頭試問のドラゴンや二次筆記課題の黒騎士を打ち破ってきた女生徒たちは、ここで四つの頭を持つ怪物に立ち向かうことになった。同時に四科目、それぞれ複数回答や単一回答形式の多くの小問に枝分かれしていて、一番動じやすい受験生を飲みこんでしまいかねない怒濤の質問である。気持ちを落ち着かせ、できれば手早く、どこかの小鳥が絶好のヒントを囁《ささや》きに来てくれそうな机に陣取って、チェックの量産にとりかかり、さくさく答えていかなければならない。

この朝は予期せぬ事態とともにはじまった。試験会場と道路を隔てる柵の格子の向こう側に不審な男――少なくともそう女性教員たちは言っていた――がいて、かれこれ一時間以上前から行ったり来たり怪しい動きをしていて、手に何かを握りしめていたのだ。何者で、こんなところでいったい何を？　道沿いに停められた車の心配をすべきだろうか？　女生徒たちや、場合によっては一〇〇の問いが刷られた質問用紙も守るべきところだろうか？

郊外のはずれの地区にある学校は守られた島ではなく、しばしばやっかいな環境と隣りあわせで、世界の問題に関わっている。教え子と先生たちは朝、泥棒や哀れな失業者や、ナイジェリア人のポン引きや、年金の残りのお金をビデオポーカーにつぎこむ老人たちが足を運ぶバールでコーヒーを飲む。みんな一緒に過ごし、おたがいのことを見て、コーヒーの砂糖入れを回してもらったり、二言三言交わしたりする。決して大事に至ることは起きないし、むしろ、何かを学ぶことのほうが多い、とはいえ気をつけなければならない。

「何か？」。ぼくは、歯がすっかりボロボロで、手を背後に隠すその男に訊いた。

「何も、何でもない、やっかいなことになるから、警察は呼ばないでくれ」。そして彼は消えた。

一〇時、女の子たちは席に着いた。出席をとるとひとり足りなくて、それはアスコリ・ピチェーノ出身でここまでなかなかの成績で乗り越えてきた、ややダーク系の外部受験生の子だった。ヒツジの群れから一頭はぐれたかのような雰囲気になった。こういう時の学校は今もなお、母性的で大きな心の場所だ、先生たちは本当に家畜たちの一頭一頭を救わなければならないヒツジ飼いの心境になる。アスコリ・ピチェーノの方向に、そして迷える子ヒツジの携帯にも多くの電話がかけられたが、返事の鳴き声は一切聞こえなかった。

こうしてぼくらは彼女抜きではじめた、その空席に少し悲しい気持ちにさせられながらも。ロベルタが汗をかき、息を切らして、ローマ行きの最初の電車に乗り遅れたことを詫びながら姿を現した時、ぼくらはみんな、ほっと胸をなで下ろした。

　試験の四科目の問題が論じていたテーマは二〇年代だった。シュールレアリスム、シャネルのドレス、〝狂った年代《レ・ザネ・フォル》〟、オリンピック——質問の一斉射撃だ。

　いらいらとエンピツをかじる女の子がいるかと思えば、ほかの子たちは書き、全力でチェックをつけまくっていた。ひとりの子がぼくに言った。「先生、私、先生の書いた記事、全部とっておいてます、この学校生活最後の何日間かをずっと覚えていられるように、人生で一番ステキでユーウツだった何日間かを……ここの答えですけど、A、B、Cのどれですか？」

イタリアの若者は親元で老いてゆく

またしても統計でぼくらにとっては周知の事実が立証された。イタリアの若者は親元で老いてゆくのである。北欧ではあらゆることが、子どもが一日も早く自立できるように考えられているが、この国では正反対の事態が生じている。何もかもがママのスカートとパパの財布にしがみついている大きな坊やを引き留めるべく作用するのだ。以前は借りたくても家が見つからなかったが、今はあっても目が飛び出るほど高い。以前は仕事がなかったが、今はその気になればあるとはいえ安定は望めず、半年ごとに契約更新で、いつ消えてなくなるとも限らない。というわけで青年もママとパパのもとを離れる気にはまずなれない。それはまあ、友だち同士三人で、たとえば街なかから離れた地区でシェアハウスという手もあるが、だけどそこまでして存在レベルを下げなければならないのだろうか？ルーマニア人も、アルバニア人も、セネガル人も毅然としてそうした犠牲と向きあい、ウサギ小屋にだって寝場所を見つけられれば目を輝かせるかもしれない、が、それはイタリアの若い子の気を惹く解決策ではない。

かくして歴史上はじめて、理解に苦しむパラドックスが飛びだし、それはだいたいこんな感じだ——必需品が欠け、余剰品があり余る。

イタリアの若者には家がなく、おそらく望んでもいなく、基盤となる定職もなく、家庭を持つ気などさらさらなく、自立に至るために倹約しようなどとは夢にも思わない。アリの居場所などないし、むしろさっさと踏みつぶしてとっととやっかい払いしたほうがいい。ここにいられるのはキリギリスだけ、余計なものや、無用なものの場所なのだ。そう、イタリアの若い子もいくばくかのユーロなら都合できる、コールセンターのパートタイムを探してきたり、短期契約をゲットして、月に六〇〇か七〇〇ユーロは懐に入ってくる。当然ながらその金で新たな人生の船出というわけにはいかず、五〇平米のアパートの家賃にどうにか足りるくらいで、じゃあ洗濯機は誰が買うのか、朝メシ代は誰が出して、月々の暖房費は誰が負担するのか？　無理だ、ママのおうちから出て行く可能性はゼロなのだ。そもそも自由と独り立ちという誇りの名のもとに安心と引き出しの中の洗濯済みパンツをあきらめる気は大いにある、ようには見えない。

早い話が、イタリアの若者の懐には大人になるのに十分なお金はなく、とはいえいくらかの欲求を満足させるくらいならあるのだ。新しいケータイや、i-Pod の最新機種や、ブランドもののスウェットや、お目当てのナイキを買うことはできるし、スポーツクラブや、ちょっといい感じに仕上げるためにエステに金を使ったり、永遠の恋人を日本料理店に食事に連れていったり、でなければいい音楽が聴けるパブでベルギービールを飲んじゃうとか、次はデンマークの、それからオランダのと、とことん堪能したり、ゼンゼン悪くないグループのCDを二枚ばかり買ったりとか、バールでカッコつけるためのバイクの分割払いなんてのもいけるかもしれない、といった調子だ。苦しむためのお金はないが、楽しむためなら存分に、あり余るほどある。そうこうしているうちに年月は過ぎてゆき、人生の苦難に立ち向かう時に役立つ根性は少しずつふやけてゆく。毎夜毎夜きちんと働いて稼いだ金でワイワイやれるというのに、何を好き好んで陰惨でやっかいな人生の重荷を背負わなきゃならないのか？　遊園地で使うコインが上着のポッケでチャランチャランいってるのに、なんで貯金箱に入れたりしなきゃならないのか、どんな未来があるっていうのか？　地の果ての2DK？　朝から晩までグチってる嫁さん？　子どもの保育園代が払えないかもしれないという焦り？　ソファに、テレビなんか愚の骨頂のオンパレードなのに、タダだとでもいうのか？　カンベンして欲しいね！　その八〇〇ユーロがあれば人生はお楽しみで、いつも友だちに囲まれて、愛は食卓で色褪せることなく、夜は爽やかで長いんだ。

時折、将来から一陣の気がかりの風が、人生が無為に過ごされているような感覚が訪れる、が、それもほんのまたたく間の、もの憂げなため息でしかなく、すぐに回転木馬はまためぐりはじめる。その日暮らしが続けられ、働いては一切を余分なもので使ってしまう。必要なもの、現実の人生、そんなものは手の届かないところにあって、それに——これこそ真実なのだが——現実の人生なんかには、もう誰も興味がないのだ！

スーパーアイドルから電話が……

ある日、文学シンポジウムでの発表に備えて筋肉と頭をほぐしていると、携帯が鳴った。ありすぎるポケットをさんざんまさぐった挙句、何とか一〇回目のベルでひっぱり出す。スカマルチョ(*1)からだった。いや、現実にはスカマルチョ、ぼくの女生徒たちの至高のアイドル、光、太陽と月、永遠のアポロン、ポスター、夢そのもの、ではなかった。それは彼のエージェントの丁寧な女性で、このスーパースター役者がぼくの記事を気に入ってくれて一度話でもできたらと言っている、と告げられたのだ。もちろんですとも、ぼくは答えた。ぼくならいつでも、リッカルドが――ぼくはこの際、親しみをこめて言ってみた――数えきれない仕事の手が空いた時にでも連絡してくれれば、会って話する時間くらいきっと見つけられますよ。

その翌日、学校で惨憺《さんたん》たる授業の終わりに、ぼくはこの電話ネタを持ち出した。女の子たちはぽかんと口を開いたままだった！　そんな……。彼女たちの先生が、ショボいヴェスパに乗ってきてレオパルディだの第一次世界大戦だので彼女たちをウザがらせるオヤジが、天上の存在と関わっている？　無が全に触れるなんてことがあるのだろうか？　明らかに誰も信じていなかった。最初の驚愕の一瞬が過ぎると、このバカげた接触を笑ったり否定したりするようになった。ぼくは待った。一日、もう一日、そしてもう一日と。

それで、先生、スカマルチョから電話ありました？　そう言って彼女たちはけらけら笑った。しまいにぼくは最低の自分をさらけ出した。またしてもあくびと果てしないうわの空に終わった授業の末に、心の折れたぼくは携帯をつかんでひとりでしゃべりはじめた。「やあ、リッカルド。もちろんさ、とんでもない。いや、明日はちょっと、そうだな、来週なら。オーケー、水曜日にポポロ広場で。そうしよう。それじゃあ」。ぼくの女生徒たちは愕然となって、三日続けて黙って講義を聞いていた。ぼくは誇らしい気分だった。ぼくは惨めな気分だった。

＊1　リッカルド・スカマルチョ（一九七九〜）は、本書を名匠ジュゼッペ・ピッチョーニが映画化した『ローマの教室で〜我らの佳き日々〜』（二〇一二）で主人公のひとり、若き補助教員を熱演している。もう少し普通の学校を舞台に、三人の個性的で、それぞれのメランコリーを抱えた先生たちと生徒たちが織りなす、温かくも切ない群像劇だ。

子どもたちと新聞を

朝、新聞を開くというのはかけがえのない習慣だ！　それはまだ世界が存在していて、歓びや悲しみを乗せてめぐっていて、そして今のところぼくらもまだその中にいて、彼もろとも回転し、大いなるカオスの何かを解き明かそうとしている、ということなのだ。「世界を止めてくれ、降りたいから」と地球酔いした誰かが叫んでいたが、何はともあれぼくらとしてはこのメリーゴーラウンドだか猛り狂った雄ウシだかに可能なかぎり乗り続け、それについて知りうるかぎり知って、熱っぽく議論を闘わせていられればと思う。

学校で授業の最後の一〇分間を利用し、しばしば学生たちを巻きこんで新聞の主なニュースを読んでみるのだが、嬉しいことに彼らも関心があるようで、かなりの頻度で何かのニュースが好奇心に火をつけ、チャイムが鳴っても終わらない論議が幕を開けることになる。社会と政治、芸能とスポーツ、地元や世界の情報、コラムと気象予報、ＣＤ評と映画評——腕の中で紙束がアコーディオンのように開いては閉じ、現代生活の複雑な音楽を奏で、そしてそれはまだ若く、世界という競技場を歩きはじめた者と無縁ではないのだ。

時どき、子どもたちはぼくの手から新聞を奪いとって、ニュースの中にどんな些細な出来事でもいいから自分たちの近辺で関わりのあることがないか目を凝らして探す。たとえばそう、父親の車の盗難や、通りでの殴りあいや、地区のサッカーチームの勝利や、近所に新しくできた中華料理店といったように。あるいは学校関連の話題で、ミニピザの値上げや、最近、可愛くてひどくぎこちない補助教員が赴任してきたこととか。「先生、ぼくたちで先生の新聞のページ数を増やして、大小いろいろの問題について自分たちの意見を言えればいいのに!」。時にぼくは冗談で、古代ギリシャのストア派の学校では学生たちは〝聴者〟と呼ばれ、それは何年ものあいだ耳を傾けることしか許されなかったからだという話を引き合いに出す。まずは理解し、それから表現する、まずは読んで勉強し、それから発言する。ところが今ぼくらは、いくつかの見るに堪えないテレビ番組で、無意味な若年性おしゃべりのたれ流しに立ち会っているのだ。それでもテレビはテレビ、新聞は新聞で、向こうは単なる集団的雑音、こっちは単なる個人的興味でしかなく、ぼくの生徒たちの気持ちは完璧にわかる。

彼らの夢はつまるところ新聞の読者ひとりひとりの夢なのだ。自分の目撃情報を載せる、自分の見方を伝える、綿密に書いて、根拠を示し、活字になったものを読む。いっそのこと自分の新聞を作って、クラスの仲間たちと、大人の独占的財産なんかじゃない世界について語る。

大人は何でも知っている、子どもたちに興味のあること以外なら。なるほど、文学の先生たちはよく、家や教室で掘り下げるための今どきの課題を出すかもしれないけれど、それとこれとでは話が違う。そんなものはそのままレポート用紙の中に閉じこめられて、そのまま学籍簿の腹の中で息絶えてしまう。でも今はさいわいインターネットがあって、新たな可能性をもたらしてくれるし、それぞれの学校で独自に新聞を作ることができるような、新聞社のユニークな企画もある。近いうちにどのクラスでも新聞がどんなふうにできていて、中見出しが何で社説が何で、肩や文化欄メインコラム《エルゼヴィロ》があって、囲み記事の作り方や記事中にどうやって写真を入れるか、わかるようになるだろう。こうして子どもたちは世界について考えを深め、戦争や、学校改革や、ザ・ストロークスの最新CDや、それから下段に、社会面で、ミケーレとパメラのホヤホヤの恋愛について、三段目左列に入れてというふうに、自分たちの記事をネット配信できるようになるだろう。

口頭試問の悪夢とハプニング

少なくとも一〇分間は、少なくとも怖れおののく五人の学生の目にとっては悪鬼の側にいるのはそれなりにこたえるものだ。けれどもそれは、卒業試験の口頭試問があるたびに教師たちが否応なく味わうことなのだ。

初日の受験生は縮こまって悩み抜いて、魔女の家に入ったヘンゼルとグレーテルのようにやって来る。そしてどんなにチョコレートやマジパンを足そうとも、どんなに励ましの言葉が費やされようとも、自分の人生を決定づける試練に立ち向かわなければならないことがわかっている彼らは、揺れる落ち葉のごとく力なくイスに崩れ落ちる。試験から二〇年、三〇年の時を経ても、どの学生もいまだにこの時のことを夢に見ることだろう、とくにこの試練が無残な結果に終わらなければならなかったとしたら。

最初は予定どおり、レジュメの――受験生が思いのままに羽を伸ばし、自分が徹底的に勉強したこと、自分が一番好きなことを語れる一五分から二〇分の時間だ。こうしてカリキュラムには出てこない名前が、子どもたちに愛された現代のサンプルが試験に舞いこんでくる。

たとえば今朝、ぼくらの時代のファッションにおけるドルチェ&ガッバーナの審美的価値を説明し終えた女の子が、アメリカ人作家で『レス・ザン・ゼロ』や『アメリカン・サイコ』の著者、新しい世代の屈折した心の奥深くを探ったブレット・イーストン・エリスの小説論に移った。そしてその次の子は、かなりの時間をかけて『えら』にはじまり『ぼくは怖くない』に至るニコロ・アンマニーティの作品について話した。三人目の子はビート・ジェネレーションに熱中していて、『オン・ザ・ロード』やグレゴリー・コルソの詩を読んでいた——この作家がじつはまさにここローマの、非カトリック墓地に埋葬されていることこそ知らなかったけれども。

たしかに彼女たちも古典作家になると足がもつれ、ズヴェーヴォ(*1)やモンターレ(*2)ははるか彼方の、永遠に眠る時の住人のようだ、が、ともあれ学生たちが現代の作家に心から惹かれていることがわかると嬉しいものである。

機械的にリピートされるレジュメもあり、そんな時はオートパイロットに切り替えられ、そら覚えで進められるが、おかげで珍妙な、あるいはばつの悪い状況が生まれることがある。ある子がパブロ・ピカソについて話しはじめ、一八三三年にトリエステで生まれて一九五七年にゴリツィアで没したと言う。「間違いないかい?」、驚いた美術史の先生が確かめる。「あ、違いました、それってウンベルト・サーバでした、レジュメでは次のページです！」

とはいえ決して悪くはなかった、彼女も、ほかの子たちも。現代ではそれなりにのびのびとやってのける。過去は背後の落とし穴で、バックするたびにいつ彼女たちを飲みこむとも限らないのである。

＊1　イタロ・ズヴェーヴォ（一八六一〜一九二八）。作家、代表作に『ゼーノの苦悶』『トリエステの謝肉祭』など。

＊2　エウジェニオ・モンターレ（一八九六〜一九八一）。詩人、かなり難解で音楽的な作品を残した。詩集『烏賊の骨』などがある。

ベルリンの電子黒板

ベルリンの学校では古い黒板が電子黒板にとって替わろうとしているというニュースは、正反対の、相反する感情を呼び醒ます。一方では郷愁と哀惜——子どもの頃、あの黒い板の前や後ろで過ごしたすべての時間への、休み時間の痛快な黒板消し合戦への、今は昔の、チョークから突然とび出して耳をつんざく音への、あのグラファイトの平原の上に展開された長くてややこしい説明への、連なりあって隅まで続いていた数字、床に向かって折れ曲がっていっていた語形変化の列、それからあわただしく残された愛や革命の文言、センセーたちが入ってくる寸前に消された、仲間うちで笑いとばすための罵詈雑言《ばりぞうごん》。そして教師としては黒地に白でくっきりと、美しい一節を書き写し、はじめはまっさらでそれから文字で埋め尽くされる面に教室中の注意を喚起する歓び。哀惜と郷愁。かたや、もう未来へ向けて動き出している人々への羨望もある、こっちはいまだに、チョークのかけらを見つけ出すのですらあまりにもしばしば一大事業だというのに！

ロッサーナ・イッパの料理パフォーマンス

筆記試験の間に行われた抽選で出たのはイタリアの〝I〟だった、こうして最初に現れる受験者はラモーナ・ヤケッティということになる。

ぼくら教師は全員首をそろえて、心優しきラモーナが大いなる情熱をこめて準備した芸術と文学における呪われた作家たちをめぐるマルチメディア・レジュメが映し出されるはずのコンピュータの前にいる。モニターからは、ファン・ゴッホの絵画やディーノ・カンパーナの詩、シビッラ・アレラーモの写真、さらにはひまわりの芸術家にインスパイアされたドレスのコレクション全作品が顔を出すはずなのだが、いかんせん古いコンピュータは無残に固まってしまう。プログラムは三回リセットされるが、なすすべなく、モニターは闇に閉ざされたままで、あたりには失望感がうず巻く。

この小さな事故は学校で意志と現実のあいだに横たわる距離をよく物語っている。いかに最新の理論にしたがって計画され、現代性と、そして学問の世界と仕事の世界のあいだの緻密な比較をめぐって理論づけられても、結局は図体ばかりで動くそぶりを見せないコンピュータや、足りない教材や、蔵書数二〇冊という学校図書館や、挙句にはまずあったためしのないトイレットペーパーという壁にぶち当たらなければならない。地図上でここからアメリカまでの周遊旅行を企画して、底の抜けた古船を進水させるようなものだ。

公立学校ではそんなものである。焼け焦げたパンのちっぽけなひと切れを隠す、おしゃべりと演説の大煙幕なのだ。

ともあれ口頭試問のもっとも楽しい時間は——というのも学校はこよなく楽しくもあるのだ——ふたり目の受験者、ロッサーナ・イッバの試験だった。彼女は未来派をめぐるレジュメを発表することになっていたので、ぼくらもお決まりのバッラ（＊1）やボッチョーニ（＊2）の絵の解釈やマリネッティ（＊3）の自由語についての長話を待ちかまえていた。ところがイッバは、やるではないか！　未来派料理のマニフェストのレシピにしたがって仕上げられた奇妙なライスコロッケ《スップリ》を鍋から出しつつ試験をはじめたのだ。正式名称は「ハドリアノポリスの爆撃」で、米と牛乳とバターとケッパーと卵でできていた。ぼくら全員が味わい、よくできた課題の採点をするかのように、美味しく評価した。次にぼくらは「直観的前菜」に移ったが、こちらはオレンジピールと数種のサラミの盛り合わせからなり、一九三〇年に聖味処《タヴェルナ・デル・サン・パラート》にて、かの未来派の遍歴書生詩人たちによってはじめて紹介されたものだ。立派なものである、まったく。モレッティ（＊4）が『青春のくずや〜おはらい』で描いた伝説的卒業試験の思い出も、この驚くべきグルメ・パフォーマンスを前にしては色を失ってしまう。この未来派食にはじまり、〝凡庸志向の日常主義ならびにパスタによる不条理な王制の〟廃止に話は及び、それから第一次世界大戦へと至った。

レジュメは学生が関連づけ、論理づける能力を浮かびあがらせるべきものなのだが、現実にはこの世代の子たちが関係性と道すじを引き出す際に出会うある種の困難を露呈させる。さながら、いくつかの理性的判断力が失われたかのようだ。バラはバラでバラでしかなく、庭はどうもよく見えないままなのだ。ぼくら教師はそんなことを話しつつ、ハドリアノポリスの最後の爆弾に翻りついていた。

＊1　ジャコモ・バッラ（一八七一～一九五八）。未来派の画家。
＊2　ウンベルト・ボッチョーニ（一八八二～一九一六）。未来派の画家、彫刻家。
＊3　フィリッポ・トンマーゾ・マリネッティ（一八七六～一九四四）。詩人、作家、未来派の創始者として知られる。
＊4　ナンニ・モレッティ（一九五三～）。映画監督。『青春のくずや～おはらい』は長篇デビュー作。

修学旅行はヴェネツィアへ

学級会議でもっとも気が重くなるのは、子どもたちを修学旅行に連れてゆく教師を決めなければならない時だ。

はじめはほぼ全員そろってヴェネツィアやフィレンツェへ行く三日間の修学旅行に賛意を明らかにし、それは美術史の女の先生によれば、文化的成長の旅だからであり、数学の先生によれば、クラスがまとまって仲良くなれるからであり、校長が請け合うところでは、こうした、より自由でクリエイティヴな場面こそ、学生たちに大きな飛躍をもたらすからなのである。多少は尻を叩く必要もあるが、何よりもたくさんのニンジンが必要なのだ。ただひとり、老いた文学の先生だけがクギを刺す――おそらくこのクラスは褒美など、そんな気晴らしなどに値しないのではないか、成績は悪いし、態度もほめられたものではないことが多々あり、悪質な反抗的行為もあれば、授業の合間にケンカまでしているのだ、と。もっとも彼も白旗を上げ、避けては通れない修学旅行を容認する。

とすると、あとは誰がこの遠征を率いるのかを決めるだけだ。ここはボランティアが、ヒーローが要りようになる。

そしてここで、まぬけが罠にはまるのだ。

こうなると先生方は口をそろえて、それももちろん残念きわまりなく（！）、自分はどうしても無理だと言い張る。三人の子の面倒をみなければならない者がいれば、病気の父親を抱える者がいて——この老いた父はもう一〇年も病を患っていて、決して死なない——、引っ越しで忙しい者がいれば、チェルヴェテリのエトルリア人墓地についての小論を書き終えなければならない者がいる——このおめでたい論文は一〇年も続いていて一向に終わる気配がない。要するに押し引きや脅しや約束の果てに、引率者がいないせいで修学旅行は露と消えそうになる。

そしてしまいに、乞われ、おだてられ、迫られてこの任務を引き受けるのは、老いた文学の先生だ。彼はこれから起こることを百も承知で、過去を知るがゆえに未来を予見し、にもかかわらずストイックに運命に身を委《ゆだ》ねるのである。

出発の日がやって来る、集合は朝六時半に校門の前。土砂降りの雨で、まるで空が丸ごと落ちてきそうな勢いで、六時半ぴったりに来ているのは老いた文学の先生と、ヒゲも剃らず、口のはしにタバコをくわえたバスの運転手と、彼の、大きな広場にはすに停められた赤い怪物だけである。先生はあいさつするなり、運転手の吐息に不穏なブドウ酒の匂いを嗅ぎつける。運転手はしかめっ面で、ぶっきらぼうで、どうやら千鳥足っぽく、こうのたまう――オレのバスでは行儀良くしてもらうぜ、大声あげたり、タバコすったり、大騒ぎはゴメンだ。子どもたちは数人ずつぱらぱらと、しごく悠然と、たっぷり二時間はかけてやって来る。弾ける寸前のバネよろしく目いっぱい興奮していて、わけもなく笑い、肩をがんがん叩きあい、カバンやリュックをトランクの暗がりに投げこんでゆく。

号令――全員集合、と思いきや、さにあらず。フェリーチェ・マルケッティがいない。携帯には出ないし、家の電話もしかり、時は刻一刻と過ぎ、雨はとめどなく降り注ぎ、大型バスの座席に収まった子どもたちは、それこそみんな大の仲良しなのだが、いいから出発しようと言い張る、マルケッティなんかほっときゃいいさ。眠れる森の少年は余裕しゃくしゃく目を覚まし、九時一五分にブーイングと呪いと笑いにまみれて登場した。これを皮切りに、この後もさらに一層深刻な問題が続いてゆく。

サービスエリアでの最初の休憩で、ピカピカのスキンヘッドの一〇〇キロの肉塊、フラヴィオ・ビアンコーニがジジ・ダレッシオのCD三枚と身長一メートル五〇センチのぬいぐるみのウサギを万引きしようとするが、まさに出口で阻まれ、先生は警察を呼ばずに済ましてもらうためにさんざん交渉しなければならず、頭を下げ、へりくだってすごすごと尻尾を巻き、ニヤついているビアンコーニを脇に抱えながら出ていかなければならなかった。

旅は全般的なまどろみと、轟音テクノの生み出す集団トランスとのはざまを進行する。バスの通路で踊ろうとする輩は多く、運転手は悪態をつき、車は道を逸れ、ティツィアーノ・フェッロ（＊1）とネグラマーロ（＊2）で合意が成立する。

サン・マルコ広場から二〇分というホテルは、実際にはポルトグルアーロ（＊3）の町を出てすぐの場所にあった。ぽつねんと佇む建物で、この時期はイタリア各地からやって来た学徒たちに占領されていた。ナポリっ子たちとミラノっ子たちとローマっ子たちのあいだには、たちまち最初の緊迫の火花が散らされ、地元チームの応援歌や挑発のまなざしの応戦の火ぶたが切って落とされる。老先生は落ち着きをとり戻させるべく試み、部屋割りを決め、生徒全員にきちんと振る舞うよう指導する。しかしそのさなか、すでにふたりの子がとんでもない高熱に襲われ、嘔吐し、わけのわからない言葉を発している。別の子はお金と身分証をなくし、また別の子は自分のカバンが見つからなくてホールの隅でしゃくりあげている、もう家に帰りたい、ママに会いたい、と。

最初の夜は一向に明ける兆しがない。誰ひとりとして寝る気などさらさらなく、あちこちの廊下を果てしなく、せわしなく行き交い、どたばたとドアを開け閉めし、叫び、バケツの水を浴びせあい、バルレッタ（＊4）の高校の女の子たちの部屋に潜りこもうともくろむ者もいれば、ホテルのバーからウォッカのボトルをくすねようとする者もいる。先生は何とかその酒宴の熱狂を食い止めようと決死の攻防を試み、追いかけ、叱り、懇願する。五時になってやっと、すべてが鎮まる。

朝八時、ヴェネツィアへ向けて動きはじめる予定の時間、子どもたちは植物状態というより鉱物になりそうな勢いで、かろうじて動き、ひっきりなしにあくびし、それでも三〇分もすると生彩と色彩をとり戻しはじめる。彼らにとってこの数日はこの一年で最高の、あるいは人生で最高の日々なのかもしれない。ティツィアーノやジョルジョーネ、サンタ・マリア・グロリオーザ・デイ・フラーリ教会やジュデッカ島は、彼らにはまあどうでもいいのだが、家から、親の目から、ダメ出しやいつものウザい決まりごとから遠く離れてみんな一緒にいられるのはこの上ない気分なのだ。何か月も目的地について話し合い、けんかまでしたというのに、結局のところ、これがローマ環状線をえんえんと回って、ポンティーナ街道（＊5）のモーテルに三泊するだけの旅行だったとしても変わりはしないのだ。大事なのは、いつもとは異なる環境で自分を試し、うんと楽しみ、けれども同時に学生ノリではじまって、一六歳の子たちの議論特有の、真剣で、人生を決定づける果てしない議論へと枝分かれしてゆく夜に心動かされることなのだ。大事なのは、みんなのプレッシャーに耐え切れるかどうか、自分には教室にいる時には見せないもっとほかの何かがあることを証明できるかどうかなのだ。自分自身になるにはどんな代償を払わなければならないかを知ることだ。

ヴェネツィアでの三日間はまたたく間に過ぎ去るが、どの子のうちにも愛と死の一季節のようにとどまる。一分ごとに何かしら重要なことが起き、心に刻まれ、変化をもたらす。

文学の先生にはわかっていた、何度も目にしてきたのだ。彼は目にする、水上バスの上で生まれる愛を、彼が彼女に近づき、彼女がほほえみ、それはいつも同じでその都度違う、いつものように。彼は目にする、不安と群集心理から成るみずからの敗北を感じとる子を。彼は目にする、小路に迷いこむ子を、道に迷いたくて、ひとりで進んでいこうとしているのだ。彼は目にする、一枚の絵をひととは異なる目で見ていて、そしてはじめて、何だかどぎまぎしつつ、美を見出す子を。それからある子が夕暮れ時に、カリキュラムにはない質問を彼に投げかける、先生がぼくたちくらいの歳だった時は、どんな風でした？　人生に何を期待して、何を求めていましたか？　先生、どうしてぼくはこんなに孤独なんでしょう？　それは三日目の真実で、深い傷痕なのだ。

老いた文学の先生も危うさを感じている。反逆行為やはた迷惑な酩酊は抑えられたにせよ、ありったけの若さにあてられて気が動転しているのだ。彼自身も、どんなに無意味であろうと、どうしても彼の心を苛《さいな》む疑問を自らに問う。いったいいつから自分を、自分のすることを、走り去ってゆく歳月を信じなくなったのだろう？　いつから年寄りになったのだろう？　どうしてバルレッタのあのクラスの女性教師に対して心穏やかでいられないのだろう？

　ヴェネツィアはすぐそこにあり、パンフレットのように煌《きら》びやかで冷やかで、子どもたちと先生たちはサン・マルコ広場のハトと一緒に写真を撮る。いつか彼らはあらためて写真を見て、そして言うだろう、ぼくはなんて若くてバカだったんだろう、なんてくたびれきってたんだろう、どんなに何もかもがぼくを入口で待ちうけていて、どんなにあの何日かが、あの世界の外への修学旅行が人生を変えてしまったんだろう、と。

＊1　一九八〇年〜。若者を中心に人気で、評価も高いシンガーソングライター。
＊2　プッリャ出身のポップ・ロック・グループ。幅広いファン層を持つ。
＊3　ヴェネツィアの東北七〇キロ、車で一時間強の距離にある小さな町。
＊4　イタリア南部プッリャ州の町。
＊5　ローマから南下してゆく国道。きわめて交通量が多い。

ヴェネツィアの思い出

ヴェネツィアにあり余る数の修学旅行生——街のどこか死に至る静けさは、小路や広場に攻め入る数千の子どもたちの攻勢にあって雲散霧消の憂き目に遭いかねない！　この手の遠征がどんなふうに組織されるか、ぼくはよく知っているが、子どもたちは教室で何時間もかけて行先について議論を闘わせ、候補地を決め、もめ、投票し、再投票してやっとある街の名が浮上し、それは多くの場合フィレンツェで、より多くの場合ヴェネツィアで、ヴェネツィアの人たちがこの若き野蛮人どもの襲来に困惑を抱きかねないこと、バリアと禁止事項を掲げようとする気持ちは理解できる。けれども終わってみれば、どの子の人生でも、ヴェネツィア旅行は忘れられない時となる。記憶の中に刻みこまれるのだ——めくるめく時が、ビールが、笑いが、のみならずジョルジョーネの絵が、ベッリーニの聖母が、暮れなずむサン・マルコ広場の感動が、リド島へと向かう水上バスの上でついに生まれたキスが。彼らからこのチャンスを奪うことはできない。ヴェネツィアが両手を広げて日本人やアメリカ人観光客を歓迎し、完膚なきまでにぼったくっておいて、にもかかわらずぼくらの、決まって夜は街から三〇キロ離れた湿っぽいペンションか何かに追いやられ、最近はそれすら拒否されるという子どもたちへのおもてなしはご免こうむるというのはあんまりだ。さあ、ヴェネツィアの人びとよ、この平和的侵略を辛抱強く耐え抜こう。皆さんがイタリアの学生たちにどれだけのすてきな思い出を、どんなしあわせを贈っているか、想像だにしないでしょう。

イタリアの先生は世界一高齢

イタリアの教師は世界で一番年寄り――あまり愉快な首位ではないが、受け入れるしかない。統計が指し示す五〇歳という平均年齢はすっかりそのまま、毎朝ぼくの目の前にある。教員室はかなり憂鬱な場所なのだ、灰色の頭、空咳、子どもや孫たちをめぐる苦い身の上話、おおむね理解不能な二〇人の少年少女たち相手に授業しにすみやかに教室に入ろうという気乗りのなさ。

ぼくは五〇歳で、イタリアの教師の完璧なサンプルなのだが、年を追うごとに自分の生徒たちの悩みを解読し、抑えるのにますます苦労していることは認めざるを得ない。ぼくも全力をあげて音楽誌やパルプ本を読み、毎日一五分はMTVを見て、子どもたちが熱中していることや恐れが何なのか理解しようとするけれど、そのたびにむずかしくなり、ぼくのお決まりのマンゾーニやパスコリの授業が子どもたちの机からどんどん遠ざかりながら届くようでも、どうしようもない。

新しい橋が入り用だ、せめてよりどころになる大きな橋脚が、いい刺激になって、肝心な時に指示ができて、熱意をとり戻させて、年輩の者たちに斬新なアイデアをもたらしてくれるような若い同僚が、何としても欲しいところである。しかし若い同僚はまず見当たらない。三〇歳以下は〇・六パーセントで、いないに等しい。四〇代がいたとしても、大概はすでに、えんえんと続いた非正規雇用《プレカリアート》（＊1）でしょぼくれてしまい、州内の市町村を転々とし、長い冬になるとチェルヴェテリやチヴィタヴェッキア（＊2）に時間どおりにつくために朝六時の長距離バスに乗って、くたびれて、げっそりした様子で、教員採用候補者名簿や獲得ポイントのおかげで頭もうつろだ。まだまだ若いけれども、もはや活力はない。

当然、教え子たちは、年齢と懸念でやつれて、教材のドキュメンタリーをビデオデッキで再生することすらままならず、いまだにコンピュータの機能のいくつかもよくわかっていなくて、廊下でジーノ・パオリ（＊3）やデ・アンドレ（＊4）の古い歌を鬱々と口ずさんでいるような教師団の影響を受ける。

教えはじめた頃、ぼくは二四歳で、わずかに年上の同僚がたくさんいて、すべてはつつがなく運んでいるように思えた。学校には活気があって、教え子たちとの会話は新鮮で、年輩の先生たちとの対話にはつねにぴりりとしたものがあった。今は疲れや、無理解や、孤独が優り、気力を失わせていることに気づく。否応なく古き良き時代への郷愁に支配されているのだ——学校が書類の海で溺れていなくて、教え子たちがぼくらをまるで年老いたゾウか何かのように見ていなくて、自分たちも若く、教え子たちはいろいろなことを説明する弟たちに見えて、おもりをしなければならないやんちゃな孫ではなかった頃の。

＊1　ローマ県内の町。その歴史はエトルリア時代にさかのぼる。一六四ページも参照。
＊2　ローマ近郊の港町。重要なフェリーの発着点でもある。
＊3　一九三四〜。かつてカリスマティックな魅力を誇った大御所シンガーソングライター。
＊4　ファブリツィオ・デ・アンドレ（一九四〇〜一九九九）。ジェノヴァ出身のシンガーソングライター。散文詩のような歌詞とシャンソニエを思わせる渋い声で人びとを魅了した。

涙ぐましい給料

それにしてもイタリアの教師の稼ぎは少ない、ヨーロッパの同僚たちと較べても突出して少ない、新任のジェルミーニ教育相も気づいたとおりだが、それとも彼らのやっていることを考えればこれでも高い給料をとりすぎなのだろうか？

この国のどの学校の教員室で一〇分間過ごしてみても、たいがいは湿ってひび割れた天井の空へと、ぼやきの合唱が昇ってゆくのを耳にするだろう。「われわれはイタリアの若者を教育しながら、多大な責任とスズメの涙ほどの給料を手にして、ストレスに苛《さいな》まれ、文化など何の役にも立たず、せいぜい貧乏人のこづかい程度にしかならないことなどあっという間に見抜いてしまう子どもたちにはバカにされるばかりだ」。ところがこれが一歩学校を出るや、先生たちはしばしばほとんど特権的立場で、下手するとうんと自由時間があって、長い休みと安定した稼ぎに恵まれた羨むべき人びとであると見なされるのだ。

月給は一四〇〇から一八〇〇ユーロのあいだで推移し、地方でならまああの暮らしが営めるかもしれないが、ローマやミラノでは貧困ギリギリだ。根本的な問題は、とぼしい月給が教育に及ぼす心理的反動である。カメ効果が生まれ、先生はそろりそろりと歩を進めるのだ、用心深く、おっかなびっくり、いつでも足と頭を甲羅の中にひっこめて、じっとしながら身を守れるように。

教師は国の文化活動に携わっていると感じるべきで、文学や科学の本や雑誌を買い、話題の映画を観て、劇場に、展覧会に、シンポジウムに足を運び、現在という時間の意味とエネルギーを教え子たちに伝えるためにあらゆることについて考えてみることができなければならない。そのどれもが——まさにある根底的な極貧ゆえに——実現されない。

月末までこぎ着けるかどうか気を揉み、子どもたちの要望や、やりくりすべき計算しきれない経費や、なけなしの銀行預金から吹きつける北風に攻めたてられて、教師は少しずつ、世界の新たな動きに目を向けるのをやめ、その好奇心は暗澹《あんたん》と薄らいでゆき、生きた文化との接点は失われる。

ささやかな資金は身のまわりで生じるささやかな楽しみに変換される。カメは純然たる生き残りの中でバリケードを築き、もはや何のリスクも冒そうとしない。こうして学校全体が貧困化してゆく。

ぼくの多くの同僚は教科書の、おなじみの安穏とした倦怠のページを前後に繰ることでよしとし、彼らの知識は敗北のごとく不動の哀しみと化す。彼らが注目の小説や評論を手にしていることはまずないし、対立や論争を招く映画について話していることも、音楽や新たな科学の発見について話していることもない。

というわけで、人も先生もパンのみにて生くるものにあらず。パンにありつけるだけのお金があっても、むろん精神を養うには足りないわけで、こちらはほぼ気づかぬままに、痛ましくも萎《しお》れてゆき、じきに薫ることもなくなる。そういうわけでイタリアの学校はナフタリンと諦念の匂いがするのだ。

フランスの学校は水曜も休みに……

神さまもしまいにはおもちゃを自作することにして、当初の予定より短時間で仕上げることもできたし、ちゃっかりウィークエンドをお休みにすることもできた――土曜と日曜は家で、ホビーと睡眠にあてるのだ。それからもう一度よく考えて、しっかり働けばもう一日休憩できなくもないことに気づいた、ソファでくつろぐ優雅な水曜日である。

ことによるとフランスの学校がそうなるかもしれないことを参考にすれば、こんな具合に創世記を書き直してもいいのかもしれない。教科書に四日かけて、三日はわが家。けれどもぼくには名案だとは思えない。おそらくこの決定のベースには教育計画の見直しがあって、一方で授業時間を増やし、他方で授業日数を減らしているのだろう。しかし子どもにとって学校は教室にいる時間と家での課題の合理的な配分だけを意味するわけではない。それは彼の生活そのもの、ないしほぼそうで、九か月以上続く小説であり、そこには勉強だけがあるわけではなくて、隣に座った同級生への想いでもあり、ほかの子たちと一緒に過ごす人生でもあり、政治や、多くの経験の分かちあいや、けんかや、へきえきや、恐れや期待でもある。それはいきなり中断するわけにはいかない小説で、そんなことをすれば意味も魅力もなくなってしまう。家で過ごす三日間は、憂鬱ばかりを培養する白いページなのだ。

小学校の先生

ほんのわずかでこと足りるのに、ひとかけらの良識、一センチの先見の明でいい、それだけで、あるローマの小学校の四年生の子どもたちも、もう一年、最後の一年、自分たちの年老いた女の先生と一緒にいられてしあわせなはずなのに！　一度くらいは官僚制が、あの、年金への移行を調整する正面の大階段や入り組んだ小階段からなる迷宮が道を空けて、すべてが穏やかに河口へ向かってゆけるように、ものごとがその本来あるべきかたちで進んでいけるようにしてもよさそうなものだ。

小学校の女の先生像[*1]はぼくたちの記憶の中で聖なるトーテムのごとくそびえ、それはぼくらの子ども時代がそのまわりをめぐった中心軸であり、あらゆる知の厳粛かつ優しき番人であり、ポー河のいくつもの支流や三桁割り算、ポエニ戦争やパスコリの詩を教えてくれて、じっと動かない肥沃な時の平和の中でぼくらが成長する手助けをしてくれた人だ。それから誰かが小学校の先生は増加すべしとし、ひとりが三人になり、そして三人の先生は入れ替わり立ち替わる顔、過剰や混乱と化し、おそらく何かが得られて、間違いなく何かが失われた。

子ども時代には、とりわけ今日では、揺るぎなさが必要で、ごく些細なことで子どもはとり残されたように、もう誰も守ってくれなければパラシュートもないと感じてしまう。ここで郷愁に沈んだり、過ぎ去りし時の美しさを思ってため息をついている場合ではないが、かといって子どもたちの気持ちや現実を考慮に入れない教育学や事業計画の抽象性に譲歩したくもない。

愛する先生が四年でいなくなるということは、あらゆるものが露と消えても不思議はないということなのだ。小さな世界はまたたく間に消え去り、ただひとつ点いているのは——そう、これだけは決してあきらめない、決して引退しない——子ども部屋のテレビ、この国の子ども時代の嘆かわしき教育者なのである。

＊1　イタリアでは小学校の先生は昔から多くが女性である。

さようなら補助教員

さらば補助教員くん、つかの間の存在、比類なき学校劇場で端役の座すら危うい役者よ！

どうやら、とりわけ理科系の科目に関しては、教員採用候補者名簿は空席化しつつあるようで、早晩、あの一日やひと月の代講はなくなり、あの若く、熱意にあふれて未熟で、ある日突然、何の予告もなく第一線に送りこまれてくる教員たちはいなくなることだろう。

数年前までは、これといったあてもなく、夜明けに地方からローマ行きの電車でやって来ては駅のバールで天恵の電話、だしぬけの召喚を待つという教員ポストを持たない教師たちがいた。そうやって彼らはいつでも応じられるように備え、往々にして無駄に終わる期待の中でうち震えていた。それでも時たま電話はかかってきて、どこかの校長がどこかの学校に急行するように言って、二〇日間の、もしかすると一か月の代講を保証し、こうして冒険がはじまったのだ。

教え子たちはスップリ《ライスコロッケ》（＊1）――これが通常つけられるあだ名だったから、励みになりようもない――を、あっという間に八つ裂きにし、紙飛行機や紙玉の標的にすべく待ちうけていた。それでも彼は何とかベストを尽くそうとし、黒板の前に立てるチャンスをはずすことのできない幸運として、決定的な試練として感じとっていた。紳士的に振る舞い、すぐにそのクラスがカリキュラムのどこまで来ているかを把握しようとし、早く子どもたちの名前と苗字を覚えようとし、二日目にはもう授業をはじめ、何年もかけて勉強し、大変な思いで蓄積した教養のすべてをひも解きはじめた。誰ひとりとして彼の話を聞いている者はいなかった。家の鍵を盗んだり、コートを隠したり、面と向かってあくびをしたり、さんざん愚弄した。でも彼はあきらめようとせず、雹《ひょう》が降りしきる中、授業を続け、荒野で教えを説いた。それから突如、怒濤のひらめきが生まれた。カリキュラムを離れ、アリオストやタッソの解説を、デッラ・カーザ大司教(＊2)の例のソネットを読むのをあきらめて、卒業祝いの革のカバンから、こよなく愛する謎めいた何冊かの本を取り出した。彼は若く、勇気があって、専門分野を愛し、知られざる作家たちをよく知っていた。こうして教壇の後ろから出てきて言った。サミュエル・ベケットの一節を読もう、このリルケの詩を読もう、どうかこのラテンアメリカ小説の三ページを聞いて欲しい、このブッツリ(＊3)の作品を見てごらん。またたく間に未知の、魅惑の世界が開けた。灰色で鬱々とした学校は遠のいてゆき、新鮮な空気が入ってきた。あの新米先生は両手にいっぱいの貴重な種を蒔き、いくつかは根を下ろし、学生の中には口をあんぐり開けたまま聞いている者もいた。

補助教員たちはそんなふうだった、殉教者で聖人で、たいがいはコケにされて、そしてたまに、ひどく短い、かけがえのないひと月のあいだ、どんな専任教員も較べものにならないくらい愛されたのだ。

＊1　補助教員はイタリア語でスップレンテという。
＊2　ジョヴァンニ・デッラ・カーザ（一五〇三〜一五五六）。文学者、礼儀作法を綴った『ガラテオ』の著者として知られる大司教。
＊3　アルベルト・ブッリ（一九一五〜一九九五）。画家、二〇世紀前衛芸術を牽引したひとり。

昔から生徒は先生が嫌い

教え子たちが生理的に先生を愛していないというのは今さらわかりきったことで、意識調査の結果を待つまでもなかった。誰しも自分の記憶の中にかつての先生の姿を刻みこんでいる。なかには多くの何ともキテレツだったり、偏屈だったり、暗かったり、横暴だったり、時にくたびれきっている者や、かなりの数のうんざりさせる者たちがいた。『フェリーニのアマルコルド』の冒頭を観直せば一目瞭然だ——毎年毎年憔悴するまでくり返される授業の中で世界を見失い、教室内で何が起きているのかひとつも理解することができなかった、あのろくでもない教師たちのコレクションを。今は教師にも自分の教科のエキスパートであるだけではなく、教え子たちの気持ちを、ひとりの子の弱さを、もうひとりの子の家庭問題を、またもうひとりの子の極度にぼうっとした様子を見逃さないことも当然ながら求められる。しかしこの調査結果からは、そうした一切の努力のかいもなく溝は大きな口を開けたままで、子どもたちはあの教壇についた大人たちを、若者ファッションや、音楽や社会の移り変わりや、本当に大事なことすべてにおいて時代についていけない年寄りのボンクラと見なしていることが浮かびあがる。対極にある世界が今もぶつかりあい、軋みをあげているのだ。むしろ驚かされるのは子どもたちがつきつける新手の批判であり、いかなる文化がそうした批判を生み出しているかである。少なくとも調査結果をみるかぎり、先生たちが糾弾されているのは、服のセンスがない、テレビの颯爽とした有名人にはほど遠い、話し方が固くてコメディアンや好感度スターのようにコミュニケーションできないから、なのだ。こうした辛辣なコメントは学校についての何かを、ぼくらが生きている世界についての多くを語っている。それはたとえば文化が邪魔な、場合によってはわずらわしい古道具と捉えられているということだ。本を読むこと、方程式を解くこと、歴史で世紀の方向感覚をつかむことなど大して意味がない。哲学や数学の問題を解き明かすために集中することなど――集中は往々にして苦痛をともなう作業だ――無意味なのだ。それより着ているジャケットや、ブランドもののニットや、学校の前に停める車のほうがはるかに重要なのである。袖口は擦り切れ、へこんだリトモに乗っているような貧乏人には誰にも何も教える資格なんてない、というわけで、それはつまり何よりも自分自身が持ち前の知識をたったふたつだけの本当に価値あること――金と成功――に転換し損なったことを、はっきり意味しているからなのだ。調査結果を信じるなら、状況はまさにそういうことになっている。何より残念なのは、これが若者たちの立ち位置だということで、いささか無邪気だったとしても理想主義を、あの、大人たちのせせら笑いをばつの悪いものにしてしまう気高く、純粋なエネルギーを掲げる者たちとして、ぼくらがずっと思い描いてきた彼らなのに。

世界は今までずっとこうして歩んできた。老いは息苦しい現実主義の中で硬直し、若きは自分たちの無欲で、気高く、しばしば理解しがたい情念の嵐とともに追いたて、そうして人生は新たになってゆく。今、メリーゴーラウンドはどうやら逆回転をはじめたようだ。ぼくは学校に（何度も言うけれど、それは郊外の、文化的懸念からはもっともかけ離れ、テレビにもっとも近い学校だ）音楽雑誌や、レディオヘッドやカポッセラ（＊1）のCDや、出たばかりの本を手にしてやって来て、今一番重要な現在進行形の話題を敷物の上に投げ出すのだが、よくこうしたコメントに遭遇する。

「センセー、そんなのは先生とかそこらの変人くらいしか興味ないですよ、オレたちはデ・フィリッピ（＊2）とかジジ・ダレッシオとか、タトゥーとかショッピングモールのショーウィンドーとかがいいんです。あのボロ臭いヴェスパ、いつまで乗ってる気ですか?」

現実の一幕を受け止めるべきなのだ、過剰な期待をやめて。とことん下賤な消費主義、イメージ文化、笑って、踊って、叩いて、殴るテレビの舞台のようであるべき人生の幻想が勝利を収めたのだ。大勝利である。ぼくらも驚かされたふりをしているわけにはいかない。

＊1　ヴィニーチョ・カポッセラ（一九六五～）。軽やかで洗練された雰囲気で人気を博すシンガーソングライター。

＊2　マリア・デ・フィリッピ（一九六一～）。テレビ司会者、大ヒットを記録し続けるリアリティ系オーディション番組「マリア・デ・フィリッピの友だち」の仕掛け人。

子どもだって許すまじき

学校で起きたある醜悪なエピソードについて、残念ながらひと言触れなければならない。ある女性教師のバッグの中に入れられた卑猥なメモのことである。

学生ノリだ、そう言う者もいるかもしれない、ひどい悪ふざけだ、思春期ならではの暴走だと。が、どんな時でも無理やり事態を矮小化するのは正しいことではない。当然ながらその下劣極まりない言葉に脅され、傷つけられた思いを味わった若い先生にとっても正しくないし、またしても自分の行為をありのまま知覚せずに済んだ学生たちにとってもそうだ。毎回、汚れものを敷物の下に隠すわけにはいかず、挑発行為と懲罰のリスクのあいだに存在するべき必然的関連性を消し去ることはできない。何かしら行動を起こす者は、それが何であれ、良くも悪くも、その帰結を受け止めなければならない。でなければすべてが無分別で無根拠になり、すべてが虚しさの翼のもとに消え、人生は愚にもつかないゲームに変貌してしまう。

他者を尊重せず、暴力的で、下品であろうとした人間は、自分がしたことを理解すべきだ、悪気のないただの冗談だの、若気の至りだのというあり得ない隠れ蓑で身を隠そうとせずに。そして親たちも可愛いわが子を、ちょっと単細胞かもしれないけれど根は優しいいい子扱いするのを、何が何でも守ろうとするのをやめるべきだ。〝クリア・クエルボス・イ・テ・サカラン・ロス・オホス〟というスペインの格言がある、カラスを飼えば目をくり抜かれるのだ。そうやって思春期の子たちをいつまでもピエリーノ(＊1)扱いし続ければ、ぼくらは数知れない言いわけの綿毛にくるまれ、成長を妨げられ、有害な慈しみの離乳食で栄養補給されたまま、いつまでたっても小さく無責任な彼らを養い続けることになるだろう。

　ぼくは決してがなり立てたり脅かしたりする化け物などではないし、むしろ叱ったり、声を荒らげたり、最低限の教育のルールに固執したりはしたくないのだと教室で何度くり返さなければならなかったことだろう。それでも大人が毅然とした姿勢を貫くこと、いい加減に大目に見てやり過ごさないことは基本であり、でなければ学生たちはしていいことの意味を見失い、そのままずっと、限界にも、国境にも、鉄格子にも出会わず、必要な場合にもそうした限界を乗り越える強固な意志やモチベーションを生み出せずに、ゲップやブーイング《ペルナッキア》のように飛んでいってしまいかねない。先生や親に反論するには倫理的で理性的な挑戦にとり組まなければならず、対決するため、自分の言い分を通すため、時には挑発するための力を持たなければならない。それは世代間の弁証法であり、世界の原動力なのだ。マッチの火は壁があってこそつき、そこに何もなければ湿って火がつかず、決して何も照らしはしない。すなわち何もかも学生ノリのブリキ缶の円の中に見るも憐れに囲いこまれてしまえば、もし誰も――それぞれの側から――勇気を持ち断固として自らの決断を守ろうとしなかったら、ぼくらは卑劣さや、性善説や、心なき言いわけの甘い蜜の中へ落ち、どこまでも凡庸に世渡りを続けていくことになるだろう。

大人は大人でなければならない、教えるという労苦から逃げることなく、そして子どもたちは子どもたちでなければならない、教えられたことを受け入れたり、拒んだりしながら、誰も何の責任も負わない少年時代に後戻りすることなく。学生たちを気の毒なバカ扱いするのは健康的ではない。ゲスな振る舞いをする人間は許されざることを知っておくべきだ。

＊1　おバカで騒々しいが基本的に悪気はなく、時に下品なイタズラっ子の代名詞として、笑い話などに登場する人物像。彼を主人公にした映画も複数ある。

理由なき反抗

〝ならず者には一・五倍返しを〟、われらがかつての大統領サンドロ・ペルティーニが時折、口にしていた格言をぼくは覚えている。横暴な人間の前でつねにもう一方の頬を差し出すのは勧められたことではなく、対抗すべきで、負けずに毅然とした態度を見せるべきだ。このおなじみの教訓は人生の数多くの状況で正しかったとしても、学校ではまったくそうではない。だからといって行儀の悪い、あるいはもっとひどい、暴力的な教え子の前で〝お手上げする《ズボンを下ろす》〟ということではなく、何ごともなかったかのように済ませることなどできるわけがないのは当然なのだが、かといって同じレベルまで降りてゆき、むきになって反応したり、なりふり構わずあたり散らすなどというのはもってのほかだ。

男の子の攻撃性を抑えたい時の手段はいくらでもある。親や生徒たちが参加できる学級会議を開き、一緒に話しあい、問題を浮かびあがらせ、スポットを当てることもできる。時に二時間の心からの言葉が爆弾の信管を抜き去るのに十分なこともある。その子は冷酷な犯罪者や、どこかの闇から抜け出てきた怪物などではなく、多くの場合——少なくともぼくの経験から言うと――ひどく繊細な生き物で、自分の隠された心の痛みのサインを送るためだけに蹴って、反抗しているのだ。ほかの子たち以上に人生を強く感じ、自分の傷をうなだれたまま受け入れようとしない。たしかに、留年させることもできる、素行評価でひどい点をつけることもできるが、でもそれで問題が解決するわけではなく、むしろ、悪化させかねないのだ、叱責のかたわらにその苦悩のサインへの注意が欠けていれば。小さな子、少年は学校権力に罰された反逆者の汚名で驕《おご》り高ぶるかもしれない、懲罰を胸に、黒メダルででもあるかのように堂々と掲げていくかもしれない。学校はみずからの務めを放棄するわけにはいかない、教育のそれのみならず――今日ではなおのこと、だ――心の悩みと向きあうという課題と。

だがこれも、ただの、風とともに消えてゆくきれいごとで終わりかねないことはわかる。ひとの話に耳を貸そうとせず、机の上で跳びはね、傍若無人に振る舞い、何でも大騒ぎを引き起こすきっかけにしてしまう生徒に、どれだけいら立たされるかもよくわかっている。ドアか窓からほうり出してやりたい思いに駆られ、この手に魔法の杖があればと嘆き、そのやっかい者を――かつてはそんなふうに言ったものだが――王国じゅうの学校から締め出してやりたいところだ。ただ、そんなことをすればまたひとりはみ出し者が路頭に増え、もっとひどい損害に向かわせるだけだ。彼の唯一の救済の可能性は学校であり、理解しようとせずに降伏はできない。

忍耐と断固とした姿勢が必要だが、愛情もそうだ。共同体という概念への信頼を貫かなければならない。一分で何かが起きるということはない、けれども一年の学校生活のあいだには多くのことが変わることをぼくは請け合える。勇気づけられれば、内気な者も動き出す。本当に耳を傾けられれば、手に負えないクズも軟化する。そこそこの課題でほめられれば、落ちこぼれすぎでも自身をとり戻して勉強が楽しくなることもある。もちろん、何の保証もない。ぼくだって重大な失敗を犯し、結局離れてゆき、最悪の人生に吸いこまれていった子たちがいた。それでもぼくらはそこにいる、しばしば嵐に見舞われる教室に、何とか全員ひとり残らず港まで連れていこうとして、水兵のように性格も行儀もいい子もカギ爪の海賊も。海に投げこむのは間違いだ。苦難の旅だ、が、そんなことは最初からわかっていた、バラと花に囲まれたクルージングになるだろうなどとは想像だにできない。仲間の前でズボンを下ろす男の子がいたとしたら、パンツ一枚のままほうっておいてはだめだ、そのまま見棄ててはいけない。ぼくら教師は彼にとって沈まずにすむ唯一の可能性なのかもしれないのだ。

落ちこぼれ学級？

どこの校長も教員たちも学校の傾いた竜骨を起こすためにあらゆる手を尽くし、良かれと思って可能なかぎり、思いつくかぎりの方策を探すのだが、時にひねり出された解決策は最悪の失策のように思える。穴よりひどい継ぎあて、そんなことわざもある。

たとえばジェノヴァのある専門学校では、校長が落第した一年生の教え子二五人全員をたったひとつのクラスにまとめようと考えた。連帯意識が、辱められ傷ついた者たちが失敗をバネにできるような反作用が、プライドの発動が生まれればと祈りつつだろうか。だいたい誰でも（だと思うが）そんな〝ここは落ちこぼれ小屋で、中の席には校内でもダントツの劣等生ばかりが座る〟ことを残りの学生全員の目に示すチキータ・シールまがいの烙印を、それもさかさまに押されたクラスに入れられたいわけがない。もう今から、そのドアのそばを通る子たちのおびえたような、あるいはあざけるような顔が目に浮かび、たちの悪いジョークや魔除けのおまじないが聞こえてくる。いわば学校のカイエンヌ監獄、落伍者の島、校内のはきだめ、せせら笑い、怖れるべき場所である。

ぼくは教師として、落第生が新しいクラスに編入する時にどれだけ複雑な思いを味わうかよく知っている。最初の何日かは居心地が悪いことがよくあり、前の仲間たちに会いたい気持ちになり、自分の背が高すぎて毛深すぎて、自分だけ違うような気がする。それでも子どもたちはすぐに柵を倒し、偏見を忘れて、一か月もすればすっかりなじんでしまう。むしろ、落第生は自分がほかの子に劣らないことを見せようとし、一目置かれ、株を上げ直そうと、前の年にやったわずかばかりのことを利用する。

ゲットーを生み出すのは、率直に言って間違っている気がする、ある種、知力のアパルトヘイトを、良きと悪しきを分けるひどく高い壁を思わせる。

牢獄がよりよい人間になるために力を貸してくれないことは、これまでもずっと語られてきたことではないだろうか、むしろそれとは反対の効果を生み、ニワトリ泥棒をも手に負えない人間にしてしまうと？　だとすれば、一年目で失敗した人間ばかりで構成されたクラスでもそれと似たようなことが起こるのではないかと気がかりだ。そこで落ちこぼれのロバが何かを学べるとすれば、さらに激しく荒れることや、まだ立派にギャロップして障害をとび越えられるのを忘れることだけだ。

試験委員会改革案

卒業試験は、懸念や不満に振りまわされて、ここ数年でいく度となく形態を変えてきた。現在は六人の試験官——うち三人は校内で三人が校外——が受験者の学力を判定するようになっている。しかしこれでもまだまったく満足に至るものではなく、間違いなく新しい政府は部分的ないし抜本的な変革を迫ることになり、すでに検討に入っている。想定されるのは以下の変更案だ。

——校内試験官三人、校外試験官三人から校外試験官三人、校内試験官三人へ。大地を揺るがす逆転劇になりかねない。

——校外試験官三人、校内試験官二人そして校内バール代表者、ゲームの行方を左右するかもしれず、また、参加者全員に嬉しいおやつを用意してくれるかもしれない。

——校外試験官二人、校内試験官二人そして同級生二人、仲間の長所も短所もわかっているので泣き言やパクったレジュメなどでごまかされることもないだろう。

——ママ三人とパパ三人、これなら静聴と愛しいわが子をめぐる見境のないバトルが保

証されるだろう、どんなゴキブリだってママの目にはピカイチなはずなのだ。(＊1)

——街頭で行き当たりばったりに、もしくは電話帳で選ばれた六人の人間。民主主義と公平さの最たるものが保証されるはずで、彼らにも何か学ぶところがあるかもしれない。

——試験テーブル上につけて置かれたレコーダー。受験者は席について、知っていることをすべて披露し、それからテープはアメリカに送られ、コンピュータが誰が合格で誰が落第かを、そして校長の受け取る金額を判断する。

——すべては虚しいと、とっくに気づいている六人の哲学者、試験など人生で何の意味も持たず、肝心なのは死への心構えなのだ。晴れて全員合格、唯一、落第するのは自殺者のみ。

——何もかも今のままにしておく、毎年同じ試験官とこちらも同じ受験者。採点は良くなり、理解も深まり、誰もが心穏やかに年老いてゆく。

＊1　ナポリの格言で「どんなゴキブリでも（親の目には）可愛くてママは好き」という。

カンニングの天才

伝説によれば、いにしえの賢人たちは針の先で一粒の米に聖書を書き写したという。が、イタリアの学生のなかには彼らに何のひけもとらない者たちがいて、それはラテン語やギリシャ語の全文法を極細のペンで、二本の紙ひもに徹夜で複写しようという一六歳の子たちだ。おそらく勉強するほうが楽なはずだが、先生に一杯食わせる愉しみに匹敵するものはないらしく、しかも絶大な威信が得られるのだ。頃あいを見計らって生徒はトイレに行かせて欲しいと言い、空港の金属探知機の前でするように両手を広げ、笑顔でチェックに挑む。教師は信用し、そしてその一分後、その子は鼻をつく便所の悪臭にまみれながら、長靴下や透明なBICボールペンからカンペの巻き物をひっぱり出して何かを摑みだそうと、その暗号の銀河を読み解こうと、キケロにイタリア語で告白を迫ろうとしているのだ。あるいは両手の掌にペンで三角法の全容を転載してから見つかるまいと拳を握りしめておき、そしてかならずと言っていいほどその公式の魔界は見るも憐れに溶け、べっとりとした糊と化す。ぼくの同級生で、ペッピーノという男は転写の世界チャンピオンで、卒業試験の国語の課題でカンニングしてみせたが、おそらくもっとも狡猾な人間だった。ある先生を買収して八点に値するレジュメを書かせ、それから印刷所へ行き、辞書と同じ書体でレジュメを印刷させて自分のズィンガレッリ辞典の中に見事に組みこませたのである。

しかし最良の策はクラス一の優等生のできるだけ近くの席に着くことだ。いつもなら無視されるメガネくんも、ひざの上で受け取る紙きれを一刻も早く手に入れるためなら何でも約束しようというたくさんの温かい友だちに囲まれることになる。ガリ勉くんはこれを逆手にとって、じらし、ひどく頭を悩ませているふりをし、するとみんなそろって励まし、オファーも倍増し、今度は脅しにかかりはじめる。

でも先生はどうしているのか？　本当に何も目に入らないのか、それとも摘発する時機を見計らっているのだろうか？

精算は最後だ、一字一句書き写した者は、なぜその答えを選んだのか、その言葉は何を意味するのか説明しなければならない。そうなるともう口をぱくぱくさせるばかりで、せっけんを塗られたガラスをよじ登るようなもので、お話にならない悲劇だ。写すだけでは何にもならない、理解して自分のものにすることも必要なのだ。ただ写すだけの者は、大抵はほんの数日、惨敗を先延ばししたに過ぎない。ただの骨折り損、あれだけ頭を使ったのに醜態をさらしただけで終わるのである。

制服《スモック》復活論

長いあいだ制服《スモック》は出発点からいきなり順応主義で、質素で、自分の想像力にあわてる国のシンボルと見なされてきた――権威主義で個性抑圧型の教育の無用な名残りとして。

しかしもう今はそうではなく、ことごとが変われば、時代が抱える問題への対応も変わっていかなければならない。今、学校では、小学校から早くも国家レベルのおぞましく傲慢なナルシシズムが席巻し、子どももお母さんもこの時代は着こなしや、世界や周囲にアピールすべき自分の見せ方で群を抜くことがきわめて重要であると、すぐに感じとるのだ。かくして服装は最大の関心事のひとつとなり、七歳や八歳の時点ですでに固定観念化し、愚にもつかない分別のしるしになる。

それはブランドの凱旋であり、ニットやパンツ、スウェットやシューズにでかでかとつけられたバンソウコウの神格化だ。二〇年前まではポロシャツの胸の小ワニが恥ずかしくて、二時間かけてハサミでほどこうとしたものだ。今はノーブランドな格好の同級生や、スーパーの安もの服に身を包んだ女の子は哂《わら》われる。ドルチェ&ガッバーナのぶ厚いベルトや、ナイキの上下セットや、アルマーニのサングラスをひけらかすのだ。軽薄にアグレッシブな時世のプレッシャーをショーツに至るまですっかり被らなければならない。それならスモックに戻るのも、虚栄心や経済格差を打ち消してくれるまっとうな選択肢に思える。ぼくらは貧しい国に逆戻りしつつあるのだ、努力と集中力が必要とされ、わずかなエネルギーも、虚栄の見本市での一ユーロたりとも無駄にするわけにはいかない。

少なくとも中学校を卒業するまでは毎朝、学生たちが全員そろって同じスモックという整然とした無関心の中にあるのはいいことだ。もののたとえでも、文字どおりの意味でもズボンを下ろすのは、もはや正しい態度ではない。

学校は、勉強や他者と落ち着いて競いあうことがすべてに優る意義である場所に立ち返らなければならない。そうでなければ毎日、大人や、歌手や、ファッションモデル風にコスプレしたあやつり人形たちの軍団は膨れあがるばかりになるだろう、もはや陽気でも何でもないサーカスが。

はだかの学校

学年末、それは成績会議や、評価や、決算の時期である。

卒業後はコミュニケーション学部に行きたいと言っていた男の子のことが思い出される。「それで映画監督になるんです、スピルバーグの再来と呼ばれて、世界中がぼくに喝采を送るんです」と彼は言っていた。映画なんかろくに興味もないことや、あれこれと映画を薦めるたびにどれだけウザがっていたかよく知っていたぼくは、それが重要な仕事であって、身を粉にして、心血注いでとり組み、その目標に達するための大きな情熱がなければならないことを指摘した。すると彼は少し考えた末に、頭の上の帽子を二度ばかり回していきなり目標を変えた。「ディスプレイアーティストやろうかと思います、満足感は得られるけどそんなに大変じゃないし、店のショーウィンドーを芸術作品に変えちゃいます！」。まさにこんな調子なのだ。今はディスプレイアーティストの時代なのである。

ここ最近の学校事情も、多くの子どもたちにとってもっとも魅力的なのは、自分の展示スペースを持つことだと裏づけている。自分の作品を見せるためのアートギャラリーや工房ということではない。今日、グローバルシティの住人であふれた街路でもっとも華やかなショーウィンドーはYouTubeなのだ。そこならどんな学生ノリの行為でもアップロードできるし、そこには目にしてほめてくれる何百万の人びとの往来がある。イッちゃってる先生や、ヘタレ同級生へのひどい悪ふざけや、学校のトイレでのストリップをケータイで撮って、一分でみんなに見せることができる。これが今年度の真のトップニュースであり、どんなパーでも一五分のセレブ気分を味わえる大変革なのだ。もちろん新聞雑誌やテレビは釣り堀のマスよろしく食いついてきて、針にひっかかるのを今や遅しと待ち受けていると言ってもいい。以前は必然的に学校の世界——何とも暗く、何ともシリアスだった——を無視していた芸能界、ないし勝ち組社会は今、口あたりのいいパン粉にありついた。それは次から次へとやって来て、上下運動をくり返す映像とニュースの一大メリーゴーラウンドであり、ちょっと憤らせ、ちょっと笑える一大ショーであり、どのコンピュータのモニターの中でも水しぶきをあげ、無差別コミュニケーションの大海へと容易に排出されてゆく〝パペリッシマ〟（＊1）なのだ。

ぼくは思う、いつの日か、ハッシシ先生や、鼻ほじ先生や、カワイコちゃん教え子におどける先生やらばかりではなく、セネカやレオパルディについての名講義や、呪われた詩人たちを熱っぽく読む三〇分や、非の打ちどころなく解き明かされた三角法の一〇分を誰かが自分のケータイで採取するようなことが起こりうるのだろうか。

その種の動画がYouTubeで見られたらどんなにいいだろう。それは知の民主主義にとっての真の勝利となるはずで、カッカする先生やカミカミな先生をおかしがるのもいいが、忘れがたき授業に便乗するというのもありだ。

反対に、新たなテクノロジーが、今日そうであるように、グロテスクないし無様なありさまばかりを収集し続けるのなら、学校はさらに品位を落とし、サーカス小屋になり下がることだろう。いっそのこと教師には、学年はじめに学籍簿とあわせて道化師の赤鼻を渡すようにして、それで見世物の完成度を高め、順番に出てくるバカ者を笑って手を叩きたくてしかたないテレビ視聴者そっくりになってきているクラスをもっとしっかり笑わせればいいのだ。

＊1　ハプニング映像番組。パペラ＝若い雌ガチョウだが、うっかりミスも意味する。パペリッシマはその絶対最上級形。

口頭試問で口からアクロバット

――落ち着いて、リラックスして、考えをまとめてフランスの自然主義について少し話してみようか。

教え子は神のお告げがないかと天を仰ぎ見て、それから隅の暗がりにインスピレーションを見出してこう答える。「自然主義は自然のテーマをとり上げています」

――というと、つまり？

女の子は一瞬とまどってからつまびらかにする。「木々や、動物たちや、山々や、フランスの自然のあらゆる美しさです」

卒業試験では口からでまかせを耳にすることがままあるが、そのいくつかはあまりにもあり得なくて吹きださずにいるのもひと苦労だ。ある女の子はぼくに、フロイトと精神分析学が二〇世紀文学に与えた影響についてはかなり調べてきたと言った。ぼくはこの新しい科学がどんなふうに成り立っているのかきちんと説明するように彼女を力づける。

「えーと、フロイトは、私たちのひとりひとりの心の奥底にある暗い、黒い部分を見つけ出すのですが、それは私たちにはわからないものなんです。ズヴェーヴォは『ゼーノの苦悶』を書くためにこの領域に至ります」

ぼくはうなずき、もちろんその人間精神の深層域の名を彼女に訊ねる。「インクです」。彼女は自信を持って答える。

——悪いけれど、聞き間違えたみたいだ、もう一度言ってくれるかな？

教え子は一度せき払いをしてから、くり返す。「その精神の黒い領域はインクと言います」

天のもとで混迷ははなはだしく、時に受験生たちの無知は底知れない。モレッティが『青春のくずや～おはらい』で描いていた試験が思い浮かぶが、学生たちは鏡をよじ登ろうとしたり、コップ一杯の水の中で溺れかけたりしていた。とりわけ歴史ではひどく動転し、過去はさながら年号や、出来事や、人物や、今やすっかりクモの巣だらけの事柄を手当たり次第に投げこんだ箱だった。

ぼくは第一次世界大戦後にイタリアが奪還した地方の名を挙げさせてみる。「ヴァル・ダオスタです」。違う。「ロンバルディア」。いや。「アルザス・ロレーヌ」。やめておこう。ある受験生が鉛の時代についてのレジュメを提出する、「アルド・モーロ誘拐と暗殺で幕を閉じた政治的暴力の年代」だ。ぼくはもう少し正確に話させようとしてみる。——赤い旅団がモーロを誘拐、暗殺した年は覚えているかな？

彼女は自信を持ってにっこり笑う。「一九九三年です」

ぼくは沈黙し、彼女は言い直す。「六八年、じゃなくて、七三年か七四年です」。そしてそこからビンゴの台紙かバスの時刻表を埋めつくす勢いの数字の羅列がはじまる。

次は黄昏派の詩についてだが、女生徒はどうやらゴッツァーノ(*1)にもコラッツィーニ(*2)にもまったく覚えがないようだ。ぼくは頭の中を整理させてみようとする。

――黄昏は一日のうちでどの時間帯かな？

彼女は一瞬ためらってから、思い切って口に出す。「夜明けです。いや、じゃなくて、午後イチかな。それともお昼くらい？ もしかして今が黄昏とか？」

別の子はダヌンツィオ(*3)で四苦八苦し、唯美主義とは何かを説明できずにいる。

「いつもうんといい服を着ていた、とかですか？」

ある女生徒はまた、ネオレアリズモ映画について調べてきた。――いいね、自由自在に展開できる興味深いテーマだ。それで、ネオレアリズモ映画ではどんなものを観たのかな？

返事は、「何も」。

さいわいなことにきちんと調べてくる学生もいるし、キュービズムや形而上絵画を、サーバ(*4)やウンガレッティを、フェリーニやパゾリーニを自在に論じられるのだが、とはいえまったく、何人かは何とも大ざっぱに、恥ずかしげもなくしゃべくってみせる。そこで脅威を感じた先生は思う。これはしっかり指導できなかったぼくのせいなんだろうか、それともこの子たちが勝手にでたらめに絶壁へと進んでいるのだろうか？　それともぼくらの時代がますます悲喜劇じみてきていて、泣くべきか笑うべきかもうわからなくなってしまっているのだろうか？

＊1　グイド・ゴッツァーノ（一八八三〜一九一六）。トリノの黄昏派を率いた詩人。

＊2　セルジョ・コラッツィーニ（一八八六〜一九〇七）。ローマで産声をあげた黄昏派の代表的な詩人のひとり。

＊3　ガブリエーレ・ダヌンツィオ（一八六三〜一九三八）。作家、詩人、愛国主義者、イタリアのデカダンティズムの旗手。

＊4　ウンベルト・サーバ（一八八三〜一九五七）。固有の詩情と世界観を表したトリエステ生まれの詩人。

卒業試験が終わって

試験また試験を経て、いよいよ最後の一日になった、白黒はっきりさせて、誰が合格したのか、点数は何点か、そして誰が落第したのか、最終判断を下さなければならない日だ。実際には、個々の口頭試問が終わるたびに試験委員会は参加者全員を退席させて内容を検討するので、つまりこの時点ですでに誰が受かって誰が落ちたかはわかっているのだが、今はすべてを正式な書類に記す作業なのだ。もちろん活発な討議がなされ、教え子ひとりひとりが薬剤師の秤に載せられ、通知表と、筆記試験と、口頭試問の点数が電卓で加算されて(＊1)、どうやら〝ひとり残らず巣立ち〟という時代は永遠に過ぎ去ったようだ。

全国統計も採点結果が例年より低く、試験官が過去と較べて厳しくなったことを裏づけている。予期されたように、担当教師だけからなる委員会をとりやめることによって否応なく、より中立的で正確な審査がもたらされたのだ。こうして不足や欠陥が明らかになった。ただただ生徒たちだけが十分にみずからの身を案ずることなく、毎度の無罪放免をあてにしすぎていた。口頭試問のいくつかは、テレビの法廷ドラマでおなじみのセリフか何かで幕を閉じられてしかるべき勢いだった。「裁判長のお慈悲に身を委ねます」。がしかし、今年の慈悲はなかったのだ。

郊外では多くの子どもたちがとんでもない家族問題を、服役中の父親、ドラッグの売人の兄弟、重病人の家族を抱えていて、そうした災いを無視することはむずかしい。「事情はわかりますが——美術史の先生が言う、校外試験官だ——かといって、ファン・ゴッホの『ジャガイモを食べる人びと』を選んで試験に臨み、私の、ファン・ゴッホは好きなのかな、という問いに、本当言うとジャガイモが好きで……と答えるような人間に良い点をつけるわけにはいかないでしょう」

試験では明らかに基本的な混乱が、概念を結びつけたり、まともな理論を組み立てたり、自分の認識を証明する際に一様に陥る困難が確認された。

この数年でぼくが書いてきたことは逐一、立証された。今の子どもたち、大都市の周辺で暮らす子たちは、サブカルチャーの汚れた波の高い代償を払わされ、飲みこまれかけている。彼らは生まれた時から揺りかごにはテレビのリモコンが、スモックのポケットにはケータイが入っていて、親たちももはやかつての、ローマ大学に通う息子を夢見て、卒業式の日に涙を流すまではどんな犠牲も厭わなかった強い心の種族ではない。親の多くはイヤリングにメガスクーターに染めた髪の四〇代で、子どもたちはタトゥーやピアスや飽くなき物欲の虜《とりこ》で、ここに堕ちた知性の全貌がある、試験委員会の目と耳の前に。

急ブレーキをかけるべきで、オオカミだオオカミだと大声を上げ、破滅へ向かわせる見せかけのお気楽さの恩恵と費用を見直すべきだ。もちろんいつだって優秀な子たちはいる、けれどもその数は少なく、少なくとも人生がほかより過酷で混乱しているこの地域ではそうだ。大多数の子どもたちはとりとめなくしゃべり、自分の言葉につまずき、好きな話題の時ですらきちんと話せない姿を晒す。こうして今回はかなりの数の落第生が出た。宣告はどれもつらいものだったが、ほかにどうしようもなかったのだ。

一年を棒に振っても世界の終わりではない、が、不安なのは、ここ郊外の場合、多くの子どもたちがもう一年やり直す気になれず、学校をやめて、人気のない道へと迷いこんでいってしまうことだ。九月から明確な考えを携えて再出発し、人生は厳しく、学校を出たら誰も何もくれないことをしっかりと説明しなければならない、ただそれは今や、学校の中でも変わらないのだが。

＊1　卒業試験は一〇〇点満点で、その配分は、三、四、五年の三年間の成績の平均点の合算（最大二五点）＋三回の筆記試験（各一五点満点）＋口頭試問（三〇点満点）となっている。

一年の幕が閉じる日

最終的にはすべて〝大箱〟に飲みこまれる――課題レポート、採点、三次試験、ていねいに、あるいは手早く記述された議事録、口頭試問で受験者に向けられた問い、一五段階評価の、四五段階評価の、一〇〇段階評価の点数、それとともに心配、倦怠、この日差しと気がかりのいくつもの長い朝、一点の増減をめぐる一〇〇〇の協議、あれだけ勉強したのにこれだけしか結果を残せなかった女生徒をめぐるお決まりの論評、称賛と失望、口頭試問を終えての握手、それからあの最後の質問、これからどうするんだい、これからも会いに来たらいい、がんばるんだぞ、もちろんです先生、かならずまた会いに来ます――すべて〝大箱〟の中へと消えてゆく、ひもでしっかりとくくられ赤い蠟で封印されて、力をこめて三、四回判を押され、先生たちと委員会委員長の署名と連署が記されて、そこ、机の上に無分別な立方体のように置かれた、そのボール紙でできたお棺の中へ。

それがこの卒業試験というあまりにも人間的な出来事の形而上的で官僚主義的な結末なのだ。全科目の教師がきちんと箱詰めにし、ぎゅっとひもを引き、その黄色っぽい紙の上に自分の名前を残している、そんな締めの儀式は何かしら憂いを呼ぶ。それが済むともう、誰も何をしたらいいかわからず、そのままそこに、教室にとどまっている、なかばぼうっとした頭で、この六月と七月の苦難の日々を、この汗まみれの何千枚の紙を、こまごまとした質問のすべてと震える答えを飲みこんだ、ひどく重い怪物を囲みながら。

〃大箱〃は学生の誰かが異議申し立てをした時にだけ開けられるが、何もなければ教育省のどこかの地下室の暗がりに五年間保存され、それから灰に帰される。

ぼくら教師はもう何もすることがなくなって、それでもまだ帰る気にはなれない。

別の試験委員会から女の先生がやって来てマッシミリアーノの試験の話をする。どうやら英語の試験でレディオヘッドの〃パラノイド・アンドロイド〃を歌ったらしい。別の女生徒はまた、両足を引きずりながら現れ、太ももとふくらはぎに貼った湿布が起こした炎症のせいで気が動転していた。それでも無事に終わった。最高得点はアルバニア人の女の子が取ったが、数年前にイタリアに来た子だ。これはいい知らせだ、とぼくは思い、まわりの人たちと〃大箱〃を囲んでじっと座っている。

それからスパッジャーリ先生、ローマじゅうの学校で四〇年のあいだフランス語を教えてきた女性が、か細い声でパスタレッツラ（＊1）とオレンジジュースが少しあるのですが、と言う、というのも今日は学校生活最後の日で、これで引退し、ローマも後にするのだ。そういえばいつだったか、誰かが言い出して彼女に何かちょっとした贈り物をするための基金を募ったことがあって、ぼくも手持ちの五ユーロを出したことを突然、思い出す。「皆さんが贈ってくださったブレスレットは本当にすてきです」、スパッジャーリさんは軽やかな金の鎖がきらきらする手首を動かしながら口ごもる。ぼくらはオレンジジュースとネクターで乾杯し、ささやかなキスと抱擁を交わしあい、別れを告げる。

これでとうとう今年も終わった、そしてぼくらの心の奥底では、この人生のひとかけらもまた、例外なくすべてがそうなるように、〝大箱〟の中に消え果てて、二度と開けられることもないだろうという気がしている。

＊1　プチシューやプチケーキ類。ケーキとクッキーの中間的なお菓子。

ぐうたら教師たちに告ぐ

ついに、のらくら教師どもめがけて槍を向けた十字軍が出陣した！

祖国と知に対するふぬけた裏切り者どもよ、シーツのしわのあいだに潜りこもうとしているねちっこいえせ識者どもよ、いつでも医者の診断書を振りかざすつもりでいる卑劣なご都合主義者どもよ、おまえたちはもう終わりだ！　ひとり残らず省が照準を定めているのだ、体温計の目盛りをチェックしに、無疵《むきず》の体に巧妙に巻かれた包帯をはがしにやって来て、教壇か、でなければ路頭へ、おまえたちにふさわしい場所へとっとと追い出すだろう。タダ飯食いのごくつぶしめ、財政赤字の底なし沼め、社会の生き血を吸う吸血鬼め、覚悟するがいい！

親戚の死を装いながら、じつはモルジブで燦々と降り注ぐ日差しを浴びているおまえたちよ、スーパーへ小エビとキャビアを買いにいくために平気で教室を空けるおまえたちよ、これから先の日々は一家ともども干からびたパンで暮らすがいい。学校が崩壊しつつあるとすればそれはひとえにお前たちのせいだ、寄生虫ども、シラミども、ヒルどもめ。

自業自得だ。

肥え太った雌ウシの時代や、盗みだしたバカンスや、癖になった慣れあいのストライキ騒ぎの時代は終わったのだ。安月給やら、混迷したカリキュラムやら、バカにする教え子たちやら、このドルチェ&ガッバーナ王国やらの文句を言うこと以外、能がない者ども。おまえたちは口八丁のイカサマ師で、ぼくらの意欲あふれる子息たちのペテン師だ。さらし者の刑がお似合いだ。広場で頭にタマゴを割られて、顔に排尿されるがいい。アカ、売国奴、無駄口叩き、おまえたちの運命は決まった。すでに人びとは通りでおまえたちを指さし、世間の物笑いの種と呼んでいる。

被害者ぶるのもよしてもらおう、学校に問題があるのはおまえたちのせいだけではないなどと言うのは。やめておけ。学校に問題があるのはおまえたちが廊下でのろのろとミニピザを食べているから、いつもトイレに入り浸っているから、いつだっていないからだ。いつだって！

学年末のパーティ

学年末のクラス食事会は、なかなか飛びだせない悲痛の深淵にもなり得る。なかでも芝居小屋とあやつり人形を一気に飛び越えて世界へ旅立とうとしている五年生の教え子たちの会は、心をかきむしられる。準備は時間をかけて念入りに進められ、思いつくかぎりのレストランがふるいにかけられ、ここは店が小さすぎるし、ここは高すぎる、というわけで必然的に、その先はもう何もなさそうな大通りのさびれた店で落ちあうことになる。誰もが田舎の従姉妹の結婚式にでも行きそうな装いで、女の子たちはスリットやどぎついメイクや壮絶なヘアスタイルをひけらかし、男の子たちはなかなかシックで場違いなジャケットを着て、けれども最悪なのは教師たちで、彼らのおかげでさながら新たな一〇〇〇年の到来を祝う一等重要な社交界の夕べに見える。まるで前衛劇で、何が起きてもおかしくない舞台のようだ。それにしばしば、すべてが起こる。ひとりの女の子が悲嘆にくれて泣き出して、誰にもそのわけが思い当たらない。どうやら体育の先生にどうしようもなく恋してしまって、もう二度と会えないと思うとつらくてたまらないらしい。別の女の子は酔っぱらって、何年も何年もの人生を台無しにしてくれた科学の先生への恨みつらみをすっかりぶちまける。丸めたパンが飛び交い、何でもいいからひっきりなしに乾杯する、のだが、やはり何よりも試験での健闘を祝ってだ。プラスチック化したハムの切れはしや、のびたパスタを食べ、将来について話し、どの子も自分の夢を打ち明ける——アメリカ、大学、ロック、ギリシャの島々を放浪する夏。先生たちはにこにこし、そりゃいいねと言い、早くも心を締めつける金具を感じはじめている。すべては過ぎてゆき、この子たちもまた去ってゆく。ぼくらだけがはじめからやり直すのだ、九月に、中学校から上陸してきた二〇人の小さな子どもたちと、そしてまた何もかもいつもと同じになるのだ。

イタリアの子どもたちの夏休み

イタリアの学生の長い夏はどうあるべきなのだろうか？

子どもたちを勉強の義務からすっかり解き放っておいたほうがいいのだろうか、海辺で嬉々として駈けまわり、何の気がねもなく夜更かしし、どんな類いの心配もなく昼に起きてこさせれば、それとも頭は働かせておくようにし、昼寝の時間の静けさとうす暗がりの中で、短パン姿でもともかく机に向かって、数学の複雑な練習問題や古典文学の大著の読書に没頭しているのが、望ましいのだろうか？

夏の三か月は個人的な経験のみで満たされる空っぽの時間であるべきなのか、あるいはともかくいわゆる夏休みの宿題に捧げられる時間帯をどこかに含むべきなのだろうか？

もちろん、何十日も何十日も続くリラックスや、そして時に退屈を前にしたぼくらの学生たちが名作小説の、『アンナ・カレーニナ』の七〇〇ページや『カラマーゾフの兄弟』の一五〇〇ページの読破にかかりでもすれば格別だが、それを強要するのはまず不可能な気がする。戦う前から負け戦だ。一番年下の子たちには罫線ノートに何か考えたことでも、海辺の一日をちょっとまとめたものでも書くように勧めてみてもいいが、せいぜいそんなところである。

夏は彼らの王国なのだ、先生たちは国境でブロックされている。どの子にとってもそれは、もっと別のかたちの成長へ、スポーツや、友情や、恋愛へ向けられた時間なのだ。ことによると違う街に住む仲間の誰かが変わった音楽のCDを聴かせてくれるかもしれないし、大好きな詩人のことを話してくれるかもしれない。すべては思春期の予測できない、魔法のメカニズムにしたがって展開してゆくのだ。

学校は手持ちの九か月に集中しておいたほうがいい、うまく使えばずいぶんある。

夏はカリキュラムや教育プランからは自由に流れてゆくほうがいい、九月に、背が伸びて、がっちりして、もしかすると自分で掘り出した本をポケットに入れた子どもたちの姿が見られるように祈りつつ。

学生自治と失われた学校

小学校では生徒全員にスモック、いじめっ子包囲のための素行評価の七点（＊1）、しばしば常套句が並べられるだけの評価を廃止し、採点方式の率直さに戻す――これらは誰もが問題なく受け入れられる決定であり、おそらく前政府がなすべきだったのに、なぜそうしなかったのか疑問だ。

学校の文化的権威度の低さという根本的な問題は、かといって解決されるとも思えず、その二重の根源が何なのか、ぼくには心当たりがある。

一方では、もはや誰の目にも明らかなように、学校内で社会的価値観のウエートが増していることがある。それは開かれた、広い視野を持つ学生たちの闘争だったが、彼らはカルドゥッチ（＊2）やロズミーニ（＊3）だけでは世界の素晴らしき矛盾と渡りあっていけない、どうしても新たな作家や新たなテーマを学術的でカビ臭い知の中に運び入れなければならないと気づいたのだ。ただ、一度そのドアがあけ放たれるや、ゲストたちを押しとどめるすべはなくなった。こうして今日、学校は、時が過ぎゆき、ことごとが移り変わってゆく以上、新たな価値——金銭、成功、攻撃性、ナルシシズム——に晒され、悩まされるはめになり、学生たちに熱意や、犠牲や、集中力や、孤独を通じてのみ、自分や社会にとって有意義な何かを学ぶことができるということを、どうやってわからせればいいのか途方に暮れているのだ。最低の世界が入りこみ、わがもの顔で振る舞っているのである。もっともこの点についてはすでに多くが語られていて、今ではあまりにも明白な問題なのであらためて考えるまでもないほどだ。これが現実の状況であり、もうかなり以前からなすすべなく指がまさぐっている傷口なのだ。

もうひとつの、こちらはまだ十分な考察がなされていない側面は、おそらくさらに根本的、もしくはさらに壊滅的だ。それは学生自治で、これはいまだにかけがえのない戦利品と捉えられているようだが、私見では、このおかげで学校はいつでも特価品をそろえ、ひっきりなしに値引きし、品質は落ちるところまで落ちた安売り王になり下がったのだ。以前はすべての学校が同じように教育省に依っていて、一定のカリキュラムがあり、一貫した選択がなされていた。その根底にある考え方は、子どもたちは共通の指針によって、知識（＊4）と平等の基本的価値によって指導され、教育されるべきだ、というものだった。ラグーザからブレンネロ（＊5）に至るまで、民主的で国民的な地平で、たとえ教える者にとっても学ぶ者にとっても多少退屈だったとしても、安心できる方法論と目標が共有されていたのだ。ところがある時、各校長と各教員会議が思い思いに人格育成の活動と課程を組めることになったのだ。

　こうして今日、どの学校もPOF（＊6）、つまり学校案内を作成し、子どもたちはできるだけ魅力的なパンフレットを読みながらここかそこかの学校に入学申し込みをする。演劇の講座や卓球の講座が、週休三日やスキー週間《セッティマーナ・ビアンカ》が、シネフォーラムや修学旅行が売り込まれる。ショーウィンドーはきらびやかでなければならない、でなければ来るはずのお客も店内を覗いてすらくれないかもしれない。

　学生を失くした者は、金も失くす。バジェットはやせ細り、学校はよろめき、最悪、このまま出血が続けば、校門の前に入学希望者が列をなすどこかの学校と統合という事態も招きかねない。そのためにも、何よりもそのために、学年末に落第は最小限にとどめられた。進級させる学校は健全な学校を意味し、学籍者を手放さず、彼らはご満悦でいい宣伝をしてくれるだろう。

　要するに、学生自治はぼくらの学校を互いに競合するように仕向けたのだ、まさしく自由市場がそうするように。けれども結果は学校教育の向上とはならなかった、テレビ局の増殖が番組内容の向上や、より鋭くより知的なイタリア人に結びつかなかったように。いまや校長たちはマネージャーのレベルに上がって――あるいは下がって――しまい、学生たちの全般的な動向にも、教室で何が起きているかにも、先生たちの問題は何なのかにも目を配る余裕がなく、帳尻を合わすことや客離れに気を揉みすぎている。そしてお客様がいつも正しいのは言うまでもなく、だから、カウンターの向こう側に座っている若者たちの期待に添えればそれで十分な百貨店の売り子＝先生たちを擁護したところで無意味だし、いや、むしろ有害なのだ。おっと失礼、カウンターではなくて教卓だった。

きっとどこかの秀でた学校ではこの達成された自治がとびきりの成果を生んでいるのだろうが、全体としてはただもう、先生たちに不適応のウイルスを植えつけ、教える能力を低下させ、エンターテイナーや、なべの叩き売りや、子どもたちのおどおどした大親友の役になり下がらせてしまったのだ。

逆戻りができるとは思えないが、このままずっと行くということは、ぼくらの学校を今にも倒れそうな、なけなしの市場シェアを守るためなら何でもする構えの小さな会社のようなものにするということでしかないような気がする。

＊1　素行評価七点以下は落第となる。
＊2　ジョズエ・カルドゥッチ（一八三五～一九〇七）。イタリアの国民的詩人のひとり。

＊3　アントニオ・ロズミーニ（一七九七～一八五五）。一九世紀イタリアの哲学者。

＊4　シチリアの南端に位置する町のひとつ。

＊5　トレンティーノ＝アルト・アディジェ地方にあるイタリア最北端の町。

＊6　〝学校の身分証明書〟として、教育理念や学校組織、教科内容に加えて、課外活動等の取り組みまでを紹介する冊子。

時は止まり、思いは駆け抜ける

今日、退屈は最大の罪である。ぼくらの文明はあらゆる汚さを受け入れ、どんな蛮行についても理解の言葉が差しのべられる、が、退屈に関しては一切容赦されない。たしかにオスカー・ワイルドが言い切っていたように、人びとは良きと悪しきではなく、おもしろいのとつまらないのに分けられる。このドグマの上に見世物社会、すなわちぼくらの社会全体が築きあげられた。こうして時は可能なかぎり短縮され、何しろ空いた時間の一分ずつが一分の無駄遣いに思えるのだ。いや、それ以上で、一分の苦痛である。アメリカの若者は誰ひとり三分以上、何かに注意を向けていられないらしい、歌一曲ぶんの時間だ。リズムや、ギャグや、ほとばしるアドレナリンが入用で、でなければ人生はテレビのリモコンの上でせわしなく跳びはねて、そしてぼくらはあっという間に向こう側に行ってしまう。スローダンスはもう誰も踊らなくなって、戦艦ポチョムキンはもう沈んだままで、アリを尻目に陽に焼けたキリギリスが歌を歌う。

そのために学校はサービスを改善し、子どもたちに勉強は楽ちんでのんびりできると請け合わなければならず、じつにおもしろい授業を約束し、それだけでなく映画や、旅行や、インターネットやり放題や、ミニサッカー・トーナメントや、楽しいゲストや、学生自治も保証つきだ。入学をとりつけるための競合は、灰色の公立校を勉強など朝飯前のアカデミックな地中海クラブ風に売り込もうとするカラフルなパンフレットを介してもなされる。

現実は、残念ながらさいわいにしてか、異なる。とりわけ思春期の頃は、人生は動かぬ時間帯で、何も起こらないように思える砂漠地帯で、長い孤独な昼下がりで成り立っている。決して終わることのない午前中の学校でできているのだ。その動かざる時の中で新たな自覚が生まれる。遠くの恋人に会うためにはじめて列車の旅をする時のようなものだ。彼女のことは年月とともに、もうほとんど何も思い出せなくなる、けれどもあの大変な旅のことはひとつ残らず覚えている、愛についての、そしてぼくら自身についての数えきれない思い、ぼくらを変えた思いが生まれたあの果てしない道のりのことを。

もちろん、未来の学校がより生き生きとしたものであって、先生たちがもっとユニークであろうと努めて、どの授業も栄養価が高く美味しい果物であることを願うのは当然だ。が、過度の期待はやめておこう、それに何よりも停滞の時の意味を見過ごさないようにしよう。その停止した状態で子どもはほかのことに、学校にあって、教育省のカリキュラムのどこにも見当たらなくても貴重な教えであることに目をとめる。風に向かって授業をしている先生の型崩れした靴に、はがれかけた壁のしみに、古本で買った教科書の、どこかの誰かが下線を引いた一節に目をとめる。彼は突然、気づく、自分の憂鬱に、自分の無力さに、心の狭さに、そしてその現実から再出発する。

〝退屈するのはあなた自身が退屈な人間だからよ〟とエルサ・モランテ(*1)は言った。そのためにぼくらはひっきりなしの電気ショックを必要としている。自分たちが退屈な人間になりつつあるからだ。けれども感受性豊かなどの子にとっても学校は、たとえ時計の針が釘づけされているように思える時でもつねに、駆け抜ける思いの大通りなのだ。

＊1　一九一二～一九八五。小説家、評論家、詩人、翻訳家。イタリアでもっとも重要な女性作家のひとり。

新学期初日の先生たち

出発進行、おなじみの永遠のくり返しがふたたびはじまり、誰もが相変わらずで、けれどもじつは違う、というのも夏が考えやしわを、海辺の物思いと憂いをもたらして、九月は毎年同じなのだが、それでも何かが変わったのだ。

学校の初日はこうして、話とため息のあいだで過ぎてゆく。なかにはキャンパーでヨーロッパをめぐったという冒険好きの先生がいて、今もエネルギーで満ちあふれ、ジョークを飛ばし、ちょっかいを出し、胸躍る言葉を解き放ちたくてうずうずしている。かと思えばこちらはいつもの悲惨な夏に耐え、今年は輪をかけて厳しく、あれば何とかやっていけるはずのアルバイトもなく、気晴らしや小旅行というわけにもいかず、七月と八月をパンツ一枚でテレビの前でやり過ごしたという者もいる。「オリンピックがあってやれやれですよ」と彼は言う。

一年のあいだぼくらはみんな同じで、いささか文句を言ったり、いささか胸を張ってみせる、けれども夏はやりきれない格差を生み出す。新たな花を咲かせたかのような女の先生たちがいて、真っ黒に日焼けして、首にはきれいな珊瑚の首飾り、耳には大きな金のイヤリングがついている。三五歳でやり手のボーイフレンドがいて、はるかな島を見てきてバンガローやエキゾチックな食べ物の話を五〇代女性の同僚たちにするが、こちらはやつれ顔で、歯を喰いしばって子どもたちを育てて、幾多の犠牲を払ってやっと日曜日のラディスポリ（＊1）で日光浴ができる。

教員室は女王バチと、大多数と言っていい働きバチでごった返している。それは金の糸とほつれた羊毛の、目も覚めるような報告と地味でローカルな出来事のより合わせで、まだ世界を悠々と楽しんでいられる者と地道に荷車を引いている者とのあいだで交わされる肩の叩きあいやキスなのだ。羨望と憐憫が感じとれて、多と無が向きあう。

しかしそれもわずかなあいだのことだ。二、三日もすれば灰色の膜がそこにいる全員を被いつくし、もはや夏の思い出など何の意味もなく、あとはもう、どうやって誰のためにかもはやわからずに働くだけで、焦燥、無力感、これ以上無理かもしれないという不安に対して共同戦線を張るだけなのだ。

＊1　ローマ県内の海辺の町。

カンタンさの神サマ

イタリア人の頭の中で何が起きているのだろう、どうしてぼくは虚脱状態が、あるいは軽度の認知症さえもが、あまりにも多くの若い、そしてもう若くはない脳の中を、シロッコのごとく吹いているような印象を抱くのだろうか？　この無気力の原因は、あるとすれば、何なのだろう？

ぼくはある日刊紙に自分の学生たち、もはやものの考え方がわからなくなっているらしい彼らの沈黙を前にして増大する懸念を語った。大きな反応があり、多くの手紙が送られてきた、いろいろな学校の子どもたちからも。唯一の責任者を、確実な真犯人を特定するのはむずかしいにせよ、いったいなぜこんな事態が起きるのか、ぼくなりに少し考えてみたので、ここで紹介しようと思う。

ぼくが見るところ、ぼくらはあまりにも長いあいだ、ひどく魅惑的で等しくむごい神の——甘美な声で歌い、ぼくらの脳みそを食べるにはうってつけの見事にほっそりとして残忍な嘴《くちばし》を持つ小鳥の影響下にあった。〝カンタンさ〟はぼくらの思考力を、そして結果的にぼくらの人生を丸ごとむさぼり食う女神だ。〝カンタンさ〟は、むろん〝明快さ〟と混同されるべきではなく、それは偉大な彫刻家ブランクーシが優れて端的な言葉にしたように〝解決された複雑さ〟なのだ。〝明快さ〟は、ぼくらのあらゆる努力の最終目標だ。ぼくらはつねに、考えや行いが単純で、すなわち調和し、正しくあるように努めなければならない。〝明快さ〟は、ハチの巣の複雑きわまる作業から生まれるハチミツであり、ブドウ畑の骨折りを経ての美味しいワインなのだ。かたや〝カンタンさ〟は、ぼくらの日々を悲劇的に貧しいものにしかねない詐欺だ。その餌食となるのはとりわけ貧しく世間知らずの子どもたちだが、ぼくら狡猾で抜け目ない大人たちも、この、肥料にも見える毒の霧雨に広大な地所を差し出しているのだ。

ぼくらの文化はもはやどんな重労働の気配も、どんな重荷も、どんな困難も遠ざける。ぼくらはトラッシュやパルプを祀《まつ》りあげたし、注目と栄光を手に入れるにはゲップとカミソリシュートでこと足りたのだ。ぼくらはテレビが何の能力も持たずに拍手喝采を浴びる人間たちであふれ返るのを許した。ぼくらはどんな無知蒙昧のがなり屋も、どんなバカげた無駄口叩きも、どんな三流のお笑い芸人も、どんな哀れな〝グラマラス美女《ボナッツァ》〟も熱狂的に迎えてきた。こうして毎日少しずつ床面は下方に傾いてゆき、ぼくらは見る見るうちに、嬉々として転げまわって、そのうち何が何だかわからなくなり、不幸のどん底に落ちたのだ。すべてはカンタンだった、そしてすべてはもっとカンタンであろうとし続けている。遊びながら英語を覚えよう、努力せずに二年で卒業しよう、アナタも笑ってフザケながら金持ちの有名人になろう。

ぼくの教え子は一五から一六歳の子たちだが、よくこんなことを言う。「ぼくはぱぱっとお金をためていろんなものを買いたいんです」。そこでぼくは答える、金持ちになりたいというのは何も悪いことではないけれど、どうにかしてそのお金を稼がなければならないわけだ、バックに資金力のある家庭でもないかぎり、と。勉強し、いい仕事を覚え、励まなければならない。

すると彼らはびっくりしてぼくを見つめる、ほとんど痛ましげに、まるでぼくが世界一おかしなことでも言ったかのように。金銭と苦労が分かちがたい関係にあるとはこれっぽっちも思っていなく、繁栄はひとりでに、雨や日曜日と同じようにやって来るものと信じているのだ。誰ひとり、一度として生存の過酷さを感知したことがないようだ。人生がどれほど厳しくて、すべてに労苦がともない、最低限の結果を手にするためだけでもとことん努力しなければならないことなどまるで眼中にないようである。そしてぼくが、オレンジの果汁を絞る時ですら力を込めて絞らなければいけないと、いかに言葉をつくして説明しようとも、納得させられそうにない。全世界がその逆を裏づけているのだ、テレビや看板広告では誰でもしあわせな小麦色の笑顔で、汗を流す者など皆無なのだ。

　こうしてひとはバカになる。避けようのないプロセス、数学的で、恐怖の、そして大人も巻きこむプロセスである、当然ながら。〝カンタンさ〟はあることないことを約束し、精神レベルは日々下降するばかりで、しまいには舌も回らなくなり、不能に至る。〝ものがものそのものになるのはむずかしくない、ところが、われわれがそれを作ろうとすると、これがむずかしいのだ〟、ブランクーシは書き続ける。ぼくら自身を可能なかぎり最良のかたちで人生と向きあえる、ある仕事を最後までやり遂げる、一台のテーブルを作る、あるいはひどい間違いを犯さずにある記事を書きあげる状態にもってゆくこと、それはきわめてむずかしく、何年もかけて用意し、いつでも備えていなければならない。そして仮に、ぼくら自身と世界を知るべく半歩前進しようと、わずかでもよりよい、自分を知りより心穏やかな存在に変わろうとでもいうなら、あらゆる変化の際に求められる苦労と苦痛を思い出さなければならない――古典神話や、偉大な人びとの生涯や、東洋の僧侶たちの言葉や姿勢が教えるように。けれども〝カンタンさ〟はもはや多くの知や手の能力を灰燼《かいじん》に帰してしまい、人びとは毎晩耳にしてきたようにでたらめにしゃべり、人びとの考え方や生き方は、誰でもしているように行き当たりばったりなのだ。

　近いうちに複雑な仕事は外から、遠くからやって来た人たち、苦しみを味わい、見返す意志を培ってきた者たちに任せざるを得なくなるだろう。彼らは〝カンタンさ〟がインチキだと知っている、わが身をもって学んだのだ。ぼくらはサッカー選手や女性タレント、億万長者や女優、モデルやデザイナーになる夢を抱き続け、結局ノータリンにしかなれない。

「大事なのはお金だけ」

学校は、たとえそれが街はずれで風前のともしびの、もはや読み書きや計算すら思うようにできなくなった子どもたちのいる学校でも、時として思いがけず理論哲学の教室と化すことがある。大いなる知性とひも解かれる真実にあっけにとられる議論がいきなり、忽然と飛びだすのである。ある日、あと三〇分でその日の授業が終わるところだったが、ひとりの女の子が——女の子たちのほうが鋭く、率直なようだ——唯一大事なのはお金だけ、と言い出した。目新しい主張ではなく、というよりぼくの生徒たちは金銭の価値に相当左右されていると言えるし、それは間違いなく彼らの仮借なき序列の中で最上位にある。いつものようにぼくは、お金は大事だけれど、人生におけるすべてではないし、何よりも若い子の想像力の中で最上位を占めるべきではないと反論した。一七歳の時の悩みや歓びはもっと違うものでなければならない、と。恋愛や、勉強や、努力や、友情や、心や頭脳の冒険といったように。

ただ、お決まりの教育的見地からの能書きを垂れ終わると、ぼくはもう少しわけを訊いてみたくなった。「だけどジェッシカ、どうしてお金はそんなに人生を左右するんだろう？もう少し説明してくれるかな、ぼくにはわからないんだ」。答えはすぐに返ってきて、まっすぐで、驚くべきものだった。「お金は現実の反対だからです。お金があればケーキがたくさん食べれるなんて嘘です、そんなケーキは腐っていて誰も欲しがりません。金持ちになればなるほど、どんどん世界の外へ出ていくんです。というより、別の世界に住むことができて、そこは何でも華やかで、何でも作りもので、傷つくことなんかないんです」。じゃあ、現実の反対というのは？「単純なことです、たとえば私の家族を見てもわかります。父親は月に一一〇〇ユーロ稼ぎます。今住んでいる、ゴミみたいな家の家賃が六〇〇ユーロです。やりくりするために金融業者や、銀行や、友だちに借金を頼まなければなりませんでした。今は昼も夜も働かなくてはならず、私たちを養うためにボロボロになって、ろくに眠らず、いつも心配ばかりしています。私たちは現実の中にいますが、現実は素晴らしくなんかありません。先生はリアリズム作家やネオレアリズモ作家について説明してくれました。じゃあ、そういう作家たちは何を語っていますか？　みじめさや、低俗さや、あさましさです。それが現実なんです。けれども、お金をたくさん持っている人は別の場所で暮らせます、現実の脅威からかけ離れて。自分のおとぎ話を作りあげられるんです。友だちと一緒にクルージングに行く立派なレジャーボートとか、笑ったり冗談を言ったりするナイトクラブとか、仮装用の信じられないような服とか、プールや高い塀があって、現実が入ってこられないようになっている別荘とか。私はこの足かせから逃げ出すためのお金が欲しいんです。現実からできるだけ遠ざかるためにお金持ちになりたいんです」

ぼくは反論しようとし、自分たちが誰なのか、何を求めているのか、どこへ向かっているのかよりよく理解するために役立つ、苦労や本物の感激を伴った、ありのままの人生を守ろうとした。「そんなの口でそう言ってるだけのことです、先生、何もかも嘘だらけです。今は現実が好きな人間なんていません、小説や詩を書いてる先生だってそうです。先生だって、大作家だろうがちっちゃな作家だろうが関係なく同じように、現実なんか愛してないし、そうでなければ人生のつらいこととは絶対に交わることのないパラレルワールドで何年も過ごしたりしていないはずです。私の父親は現実の言うことを聞いてきましたが、ほかにどうしようもなかったから、哀れな人間だからです。でも、できることなら彼だって逃げ出していたはずですし、今だってすっかりあきらめたわけではありません。日曜日は教会へ行き、神様に祈って、まるで絵空事の映画を見つけては、二時間ばかりその中に浸りきっています。でなければ頭がぼうっとなるまでテレビにかじりついています、時間がある時には。母親はお酒を飲んで考えないようにしています。誰もがみんな、現実の重圧や、借金や、病気や、仕事のシフトからの逃げ口を探しているんです。お金も同じですけど、ずっとマシです。お金を持ってる人間は何にも気にせずにいられるんです。だからこそ私たちはこんなにお金が好きなんです、わからないんですか？　私たちはもう現実的なことと折りあいをつけたくなんかないんです、できるかぎりよくできた作りごとの中で、舞台で演じる人たちのように生きたいんです。ほかにどうしろと言うんですか？　五〇ユーロ余分に稼ぐためにがむしゃらになったり、カチカチのパンをもう一かけ手に入れるために政治に身を投じたりですか？　やってられません。お金は夢とまったく同じですが、もっと長続きするし、ずっと遠くまで連れて行ってくれるんです。私だって、郊外に住んでいて、貧乏人の子の私たちがたくさんのお金を手にすることなんかないことぐらい、わかっています。それでもまだ一八歳の今は希望を持っていたいんです。ありったけのしあわせを願いたいんです。そして、ありったけのしあわせというのは、現実の外にいること、ゴミ溜めの、戦争の、惨めさの、挫折の外にいることなのです。お金は神様や芸術のようなもので、それ以上かもしれません。すぐにどこかへ連れていってくれます。だから私はそのどこかにいて、しあわせで、無関心でいたいんです」

だとすると気の毒なのは最下層の者たちである、彼らの国だけが現実の王国なのだ。このイタリアの現実を可能なかぎりより良いものに直すために、人が生きられるようなものに、よかったと思えるようなものに、さらにもっと愛されるようなものにするために、本気で作業にとりかからなければならない。それは骨の折れる事業だが、ただちに補修すべきだ。船はすでに傾いていて、数少ない救命ボートはどれも一杯なのだ——金持ちと救いがたい幻想で。

ウーゴ・バルトロメイ小学校

ローマ、アズマーラ通り、ウーゴ・バルトロメイ小学校、一九六二年から一九六七年まで、はるか昔だ。実際、あの時代を記憶の中に甦《よみがえ》らせようとしても、うまく紡げないいくつかの断片的な印象が出てくるばかりだ。でも、一年と二年の時のグレコ先生と三年から五年までのカステッリ先生のことはよく覚えていて、彼らはぼくに泣かないこと(なぜかぼくはべそかきで、何にでも動揺した)、自分のものを整理すること、耳を傾けること、自分のすべきことをどこまでもやり抜くことを教えてくれた最初の人たちだった。それは静かな世界で、今の子どもたちの、焦燥と喧騒にあふれた世界とはまったく違っていた。グレコ先生が口述し、ぼくは先生をがっかりさせないためにわずかな間違いも犯さないように書き取った。カステッリ先生は長い時間をかけて数学の説明をし、ぼくは集中して、数字を縦に並べ、どんな問題でも解いた。ぼくをロドリと苗字で呼び、厳しく、要求が多く、物憂げな人たちだった。何でも、イタリア中のどんな川でも、どんな首都でも、ローマの歴史の何もかもを知っていて、ぼくは彼らが不死だと信じていた。

訳者あとがき――そこで生まれるかもしれない何か

もちろん教師にもよるだろうけれど、できればやりたくないのは生徒に成績をつけることだ。それでもたとえば大学の非常勤講師がつける成績と、中学や、それ以上に高校の先生がつける成績ではまるで重みが違うはずで、とりわけ高校卒業が生涯の分岐点になり得るイタリアでは心理的に甚大な影響を及ぼす。だいたいひとがひとに、それもまだうんと若くてあらゆる可能性を前にしている子どもたちに点をつけるなんて、そんな資格がどこの誰にあるのか、とごく素朴に思う者もいる――かと思えば先生と呼ばれたり高学歴なだけで偉いつもりの憐れな人間もいるが。

イタリアの先生たちは赤青エンピツで答案をチェックする。真ん中で赤と青が入れ替わる、あの、ちょっと懐かしい筆記具だ。赤は許されうる間違い、青はほぼ、ないしもはや許されざる間違い。赤と青――この本の原題である。副題は「イタリアの学校の心とあやまち」。ローマ在住の作家で、ここに収められたものも含めて、新聞雑誌への寄稿でも知られるマルコ・ロドリの長く、とりわけ精神的波乱に満ちた高校教師生活の光と影から生まれたエッセイ集だ。高校といっても市内の普通の学校ではなく、郊外の、経済的にも家庭環境的にも、ということは学業的にも厳しい状況下にいる生徒が通う学校である。大学以外でも留年が珍しくない国では、学年末は小さな運命の分かれ道になる。大学の入学資格が得られる高校の卒業（資格）試験は、最大の岐路だ。ロドリ先生のまなざしは宿命的に赤と青のゾーンにいる子たちに向けられ、彼らをどうにかして、アカデミックな意味でも、人としての心の豊かさという観点からも救われた世界へ呼び入れようと苦心惨憺する。

　イタリアの学校教育は、小学校五年間の初等教育、中学校三年間と高校五年間の中等教育、大学五年間の高等教育に分かれ、学年は九月にはじまって六月に終わる。夏休みは長く、一四歳から一九歳までの多感な年代の高校生活も長い。それを締めくくる卒業試験《マトゥリタ》は三つの筆記試験と最終口頭試問からなる国家試験で、この本の中でも多くのページで語られる。文化的・人間的〝成熟〟を意味する〝マトゥリタ〟だが、とくに口頭試問では教養のつめあわせの披露ではなく、自分の頭で考え、自分の言葉で表すことが求められる。お仕着せの問題を解く能力ばかり伸ばすスタイルとは逆向きの教育観で、〝個〟の確立をめざす意図は個人主義的だ（誰もが自分なりに考えすぎると、それはそれで社会の組織力や機能性を左右するのも事実だが）。入学よりも卒業のほうが難易度の高い大学のあり方も、学校が（学園ドラマでおなじみのちゃらけた人生訓なんかとも違う）本当に何かを学ぶ場で、教える側の人間に何かを教える責任があるのなら、もっともにも思える。ともあれ、この試練を乗り越えてはじめて一人前の大人になれる、という認識のようだ。

東方の学歴社会ではテストの主眼は人間をふるいにかけることでしかなく、お受験は新興宗教まがいのビジネス化して解答上手な子が育ち（さいわいそんな中でも勝手に自己形成してゆく子たちはいるが）、社会の上層には自分なりの考え方はおろか客観的なものの見方すらできず、他者の立場や気持ちなどおもんばかる必要すら感じない者たちが溜ってゆく。まっさきに利己を追求する者どもが結びつくのだから当然と言えば当然だが、無自覚、不用意に受験戦争に参戦するのも、それでいいわけがない（……）。

ただ、エゴイスティックで傲慢な人間ほどのさばる現状は、イタリアも日本も同じだ。かつて、戦後の荒廃や苦境や貧困の中から生活を立て直し、住む世界をよりよいものにしようと努力するしかなく、そうした、ある程度共通の目的意識があってそれ以外の利己的な目論見がおのずと識別され、それなりに牽制された時代を生きてきた親たちを見て、少しはその姿から学んで育った子たちなら、基本的に同様の人生観を持てたかもしれない。が、その後、高度経済成長を経て繁栄を、豊かな甘い生活を手に入れた人間は慢心し、浮かれ、みるみる欲の皮をつっぱらせ、以前は意識の中にあった理想やモラルをどこかに追いやってしまう（当時の時代性は一九六〇年前後のイタリア映画の傑作がまざまざと描き出している）。そして、八〇年代にイタリアにも日本にも押し寄せてきた二度目の大波、つまりバブルないし奇跡の経済復興が人心を今度こそ完全に飲みこみ、親たちの世代の渾身の働きでおいしい生活にありついた子たちはちょうど多かれ少なかれ働きざかりになっていて、あろうことか自分の子どもたちを消費主義のターゲット、つまり食いものにするようになった。イタリアではスーパーマーケットとテレビの王様ベルルスコーニの政権が生まれ、組織犯罪が猛威をふるい、最多の世界遺産を持つ国の文化度は地に堕ちた。ロドリの嘆きはイタリアの多くの知識人の嘆きで、彼がテレビに加えて、しばしばナイキやドルチェ&ガッバーナを象徴的に槍玉にあげるのはそうした理由からだ。

自分の親に対しても子に対しても最大の裏切り者で、子どもたちの心の自由を奪ったのは、今の大人たち、ぼくらなのだ。親たちの向上心やそれなりに芯の通った価値観の代償ですらない、ただの欲望の犠牲にされた子どもたちに今さら、祖父母の代の努力の話をしても通じるわけがない。今の大人たちは子どもたちの手本になるような生き方を放棄したのだ。子どもが親の餌食になる経済的な風景は、九〇年代にはもうはっきりと浮かび上がっていたが、それは一層ひどくなるばかりだ。

あるいは、戦後約四半世紀だけが稀有な、民主主義の夢と幻想が生きながらえた時代だったとあきらめるべきだろうか。敗者の美学ではないが、権力や勝利を好む者はあさましく、所詮、弱者や大衆は虐《しいた》げられるもので、時代によってやり口が変わるだけなのか。

ロドリがよく口にする言葉に〝マリンコニア《メランコリー》〟がある。ここでは、憂鬱、憂愁、憂いなどと訳したが、イタリアの文化や美の基調をなす感情でもある。陽気な、生きる歓びのイメージが強いイタリアだが、歓喜と憂愁はいわば感性の補色関係にある。ボッティチェッリでもヴィヴァルディでもトスカーナの丘陵地帯でも、そして文学ではレオパルディでも、そこに美を感じる時には色濃い憂いが共存している。哀愁、と言い換えてもいいが、おそらくもっと、生そのものに起因する実存的な、不条理の哀しみのニュアンスが強く、それがあるから対極にある歓喜が生き生きとした輝きを放つ。

もちろんコマーシャリズムは売り物になりにくい〝憂い〟を、ネガティヴな語感の〝努力〟とひっくるめて敬遠し、ただハイなだけの人生を、昼夜を問わず煌々と光に浴した現代生活を奨励するので、意識の中の明暗から暗部が消し去られ、ゆっくり眠りながらいい夢はおろか悪夢さえ見る時間を失くした現代人が鬱に陥るのは、ごく当然の成り行きだった。影のない光の世界を人間の本能が受け入れられるとは、今のところ思えない。そろそろ美と実存に関わるメランコリーを、探し直してみてもよさそうなのだ。

ロドリがそうした暴力的な影なき世界の最悪の（副）産物と見なすのが、いじめだ。彼が誤用だと憤慨する〝ブッリズモ〟という用語そのものが比較的最近のものであり、その実情もここではことさら具体的には描かれないが、手のこんだ最先端のテクニックを駆使する同分野での先進国から見ると、まだややナイーヴな段階のようでもある。もとより極東の島々ではストレートな弱肉強食という意味ではなく、悪趣味や心の弱さに起因する、強きが弱きを挫《くじ》く行為が古来、習性化しているのは間違いない（このところ妙に多用、というかやはり誤用される〝サムライ〟という言葉など、実のところこの精神構造のただの裏返しだ）。いじめの根拠は抑圧（つまりいじめ）への報復であり、ただ、その矛先は抑圧者ではなく、自分より弱い者へ向けられる。報復は連鎖反応を起こすので、いじめもいじめを呼ぶ。いじめられっ子、いじめっ子、学校、教育委員会、文科省。はみ出し者を抑えつけ、つまはじきにする幼稚な頭のメカニズムは同じで、重層的で構造的な、要するにヒエラルキーの問題であり、もちろんそれは教育環境に限られたことではない。たとえば、いじめを〝カッコ悪い〟程度の見かけだおしで軽薄なひと言で済ませられ、バラエティでも報道でも何かにつけてよってたかってひとをバカにし、個人攻撃しながら出演者も視聴者も手を叩いて喜んでいるこの国のテレビの中と外の光景は、いじめ体質そのもののスペクタクルで、超ハラスメント社会の縮図でおぞましすぎる。いかに産業革命以降の競争社会で果てしなく利便性その他が追求された見返りに、ストレスやフラストレーションが十二分に生み出されたのだとしても、吐き気を覚える異常なありさまだ。残念ながら日常的に、ごく素朴に、そんなことをして人として恥ずかしくないんだろうか、と思わせる場面に出くわすことはまったく稀ではない。今もさまざまな局面で本当に世界の夢を叶え続けている科学の力がもう一度、あまりにも希少化してしまった羞恥心を甦らせてくれたら、どんなに暮らしやすくなるだろう。

〝教壇に立つ〟というのは何やらこそばゆい、少なからず偉そうな言いまわしだが、ともあれ学校で教えるというのはなかなか特異な体験だ。こんな自分が先生をやっているという事実の面映《おもは》ゆさは教師も職業のひとつだという自覚で和らぐにしても、かつての自分の先生たちと今の自分を対等に見なせるわけもなく、それでも、それなりに同じ立場で重ねて考えてみて、一方で生徒たちを見ながら彼らの年頃の自分を絶えず思い起こし、今の若い子たちの心や頭の中に入ってみようとし、対話を試みる——結果はどうあれ。

理想主義とも教養主義とも人文主義とも古典主義ともいえるロドリは、大人たちのおかげですっかり損なわれてしまった子どもたちの領分にどうにかわけ入って、マテリアリスティックな日常よりも少し上の次元へ、もう少し普遍的な価値がある（かもしれない）世界へ芽を向けられるように古典的教養や、今もどこかで誰かが生み出している詩や小説や音楽や映画の種を蒔こうとする。豊かな感受性やしなやかな思考力を育むことで、人としての内面的な奥行きを持ち、自分の手で人生の意味をつかむための精神の骨格と筋力を鍛え、人としての成長を、人間形成を促そうとする――そしてそれはひどく健康的な教養主義で、ぼくらは勉強にそんな意味があったことをすっかり忘れていたことに気づかされ、一流大学を経て一流企業に至る手段やクイズ番組で役立つ知識程度と見なすことにすっかり慣れきっていたことに今更ながら驚かされる。

と同時に彼は教室で、子どもたちが頭や言葉ではなく手でものを作りあげてゆく時のあざやかな気高さに目を見張り（「ファッション科の女の子たち」は、ささやかで清々しい感動を呼ぶ）、時に若い直感が言い当てた真実をつきつけられて言葉を失う。醒めた哲人生徒の欲望論、哀しいドルチェ&ガッバーナのショーツ考、お金がすべてという一理。彼らはまるで、先生の胸裏に秘められてきた疑念を見抜いたかのように、鋭い言葉を投げつける。成長過程の子たちといる時間は、もう一度世界を見つめ直し、過去と現在を結ぶもつれた糸を解きほぐして、未来への道すじを見出すための時間でもある。ただ、過去にも未来にも見放され、現在が見せびらかすのはブランドロゴ入りの高級な配給キップばかりで、失うものなど何もない無敵の子どもたちの危うい存在は限界まで追いつめられている。

信念と感性と正義感に裏打ちされたロドリの洞察力は、若者たちに温かく、仮借なき眼を向け、学校という危機的状況にあるミクロコスモス――これからの社会の苗床であるはずで、彼らが基礎体力を培うべき場を検証する。無邪気で、本能的で、閉塞感を抱き、惑わされ、多くは行き場を見失った現代っ子たちのやわらかな、あるいは逆にすさんで硬くなった心に触れ、方向性を探る。かつての厳格でメランコリックな教師たちの揺るがぬ世界観への郷愁を抱き、現在の一見派手でおおむね悲惨な現実と向きあう。そして時どき、人から人へそっと何かが伝えられ、心と心がふれあう奇跡的な瞬間を垣間見る。

愛用の白いヴェスパに乗って（彼は一度それで大けがをした）学校に通うマルコは、昔から何だかアインシュタインかお茶の水博士風にくしゃくしゃの髪で、会えばいつも小さな丸いメガネの奥にきらきら光る笑みを湛えていて、怒っていても大きな声で機嫌良さげに話すし、平気で手厳しいことをばんばん言うのにもの柔らかな印象で、背は高いのに何だか少し、足が地面から浮いているような不思議な軽やかさを醸している。彼が書くエッセイは、独特の飛躍的な想像力と、望むらくはそれなりに日本語に変換されていて欲しい、ピンポイントで選ばれた言葉でできていて、そこには懐が広く息の長い考察と、彼が話す時と同じ、熱っぽくおおらかで、明るくメランコリックで、ローマっ子らしく人懐こくてどこか子どもっぽい口調が同居している。登場人物の先生や生徒たちを描く時はさっとミニマルでも鮮烈で、しばしば軽妙で、ほのぼのと温かく、時に胸に沁み、そして深い。

なかでも痛快なのは、思い入れたっぷりに描かれる「悪ガキの懐かしき胸躍る世界」だ。「修学旅行はヴェネツィアへ」などもそうだが、小説を読む時のようにわくわくさせられる（けれども彼の自伝的要素が入りこまない静かな筆致の文学作品とは異なる趣でおもしろい）。アイロニカルな郷愁やモラルや憂いの質は、やはりフェリーニに近いものを感じさせる。彼も子どもの、幼子の、悪ガキの魂を持ったまま大人になった人間のひとりだ。

おそらくそんな人間にとって学校は、大人になることを覚えたり、その意味を知る場所で、ということは、自分の中に子どものままでいられるどこかを見つけておく可能性を探る場所なのだ。ものやお金や暴力や退屈でできた現実の人生に踏み出す前に、自由と遊び心と曇りなき直感と開かれた可能性を守るバリアを心の中に作っておかなければならない（もっともそんなふうに生きていけるのは作家かアーティストか、ただのアウトサイダーくらいなのかもしれない）。彼が教師なら子どもたちに、人類が奇跡的に見つけてきた世界の美しさや価値を表す文化と呼ばれる魔法の杖を手に入れて心を守って欲しいと願い、できればひとりひとりが持って生まれた貴重な何かを生かせるようになって欲しいと思い、それが望めなかったとしても大人になる前に、今こそ許されるありったけの（脳内）時空のなかでいやというほど駆けまわって欲しい、あるいはそこで思いがけない何かを見つけ出して欲しいという期待を抱くだろう。だから、ものやお金にがんじがらめになっている彼らの姿を見ると、何ともやりきれない焦燥に襲われる。

でも、彼は親も子も裏切ることなく、自分で魔法の杖も手に入れて、今も自由でまっすぐな子どもの心を携えて、時どき転んだりしながらも、古いヴェスパで学校に通う。子どもたちと話し、小説を書き、映画を観て、思案をめぐらせて社会に問いかける。正しくあるべきことも間違ったことも、ひとのことも自分のこともひっくるめて大きな声の文字にする。多数派ではなくとも、様々なかたちでそんなふうに考えて生きている人間はいる

——いつか、もう少し世界がよくなることだってあるかもしれない、と思いながら。

きっと。

二〇一四年七月　　　　岡本太郎

著者について
マルコ・ロドリ

一九五六年、ローマ生まれ。作家、詩人。八〇年代を象徴する長編小説『過ぎゆく千年の記』で八六年にデビュー。著書に『大環状線』『こむら返り』『障害大サーカス』『イヌとオオカミ』『先生たちとほかの先生たち』『あぶく』『風』『花々』『夜』『妹』『イタリア』『水けむり』などの小説があり、エッセイ集に『島々、気ままなローマめぐり』『映画館を出て』がある。九三年に『のらくらの楽園』（東京書籍）が邦訳された。

訳者について
岡本太郎（おかもと・たろう）

一九六〇年、東京生まれ。ライター、翻訳家、カメラマン、東京大学非常勤講師。著書に『みんなイタリア語で話していた』（晶文社）、『須賀敦子のトリエステと記憶の町』『須賀敦子のアッシジと丘の町』（共に河出書房新社）、訳書にマルコ・ロドリ『のらくらの楽園』、サンドロ・ヴェロネージ『この歓びの列車はどこへ向かう』（共に東京書籍）、ミケランジェロ・アントニオーニ『愛のめぐりあい』（筑摩書房）、マリオ・ジャコメッリ写真集『黒と白の往還の果てに』（青幻舎）などがある。

赤《あか》と青《あお》 ローマの教室《きょうしつ》でぼくらは

二〇一四年八月三〇日初版

著者　マルコ・ロドリ
訳者　岡本太郎

発行者　株式会社晶文社
東京都千代田区神田神保町一―一一
電話（〇三）三五一八―四九四〇（代表）・四九四二（編集）
URL http://www.shobunsha.co.jp
印刷・製本　ベクトル印刷株式会社

ISBN978-4-7949-6854-8　Printed in Japan